Bianca

D0912570

ORGULLO ESCONDIDO
Kim Lawrence

Editado por Harlequin Ibérica.
Una división de HarperCollins Ibérica, S.A.
Núñez de Balboa, 56
28001 Madrid

© 2012 Kim Lawrence
© 2019 Harlequin Ibérica, una división de HarperCollins Ibérica, S.A.
Orgullo escondido, n.º 2722 - 21.8.19
Título original: Gianni's Pride
Publicada originalmente por Harlequin Enterprises, Ltd.
Este título fue publicado originalmente en español en 2012

I.S.B.N.: 978-84-1328-129-2
Depósito legal: M-20699-2019
Impreso en España por: BLACK PRINT
Fecha impresion para Argentina: 17.2.20
Distribuidor exclusivo para España: LOGISTA
Distribuidor para México: Distibuidora Intermex, S.A. de C.V.
Distribuidores para Argentina: Interior, DGP, S.A. Alvarado 2118.
Cap. Fed./Buenos Aires y Gran Buenos Aires, VACCARO HNOS.

Este libro ha sido impreso con papel procedente de fuentes certificadas según el estándar FSC, para asegurar una gestión responsable de los bosques.

Capítulo 1

ERAN las once de la noche, dos horas más tarde de lo previsto como hora de llegada, cuando por fin Gianni paró el destartalado vehículo. No sin pesar, había decidido que, dadas las circunstancias el precioso y aerodinámico deportivo no era lo más adecuado para viajar con un niño. Los niños de cuatro años nunca iban ligeros de equipaje y, además, mostraban muy poco respeto por las tapicerías de cuero en color crema.

Si Sam cumplía su promesa, estaría cuidando del pequeño durante unos pocos días. Aquello no podría haber surgido en peor momento.

Se consideraba un honor ser propuesto como conferenciante en el prestigioso festival internacional de literatura, y tras retirarse en el último momento, Gianni dudaba que, por mucho éxito que tuviera su empresa de publicidad, volviera a repetirse tan buena fortuna.

Echó una ojeada al asiento trasero. Su hijo llevaba cinco minutos seguidos durmiendo. Cinco minutos de un celestial silencio, aparte del preocupante estruendo del viejo motor. No se oían llantos, gritos, aullidos, patéticos gimoteos y, sobre todo, ¡nada de vomitonas! Una pequeña sonrisa curvó los labios de Gianni al recordar cómo Clare, la niñera de Liam, había expresado sus dudas sobre su capacidad para realizar ese viaje sin ella.

—Es tarde y está cansado. Dormirá la mayor parte del

trayecto. Aunque reconozco que eres indispensable, Clare, creo que podré con ello. Disfruta de tus vacaciones.

Sin dejar de hacer bromas, había aceptado las pulseras anti-mareo, escuchando pacientemente las largas explicaciones sobre cómo colocarlas sobre los puntos de presión de las muñecas de Liam para mitigar las náuseas. Después había dejado de escuchar, mientras pensaba en que no podía ser muy difícil sujetar a un niño de cuatro años al asiento trasero de un coche y conducir durante unos ciento sesenta kilómetros.

Sacudió la cabeza y se alegró de no haber expresado esos pensamientos en voz alta, so pena de sentirse aún más ridículo de lo que ya se sentía. También deseó no haberse dejado las pulseras para el mareo en la mesita de la entrada, ni haber cedido al deseo del niño de cenar hamburguesa con patatas fritas. Todo había ido cuesta abajo a partir de ahí.

—Acertaste, Gianni: esto es pan comido —murmuró mientras soltaba el cinturón de la sillita de su hijo e intentaba no respirar. Las toallitas húmedas que le había proporcionado una amable mujer en los servicios de la gasolinera no habían conseguido eliminar del todo el olor. Tomó al pequeño en sus brazos y cerró la puerta del coche con un golpe de rodilla—. Tranquilo, chaval, a dormir —susurró cuando el ruido arrancó una protesta de su hijo.

La casa de tejado de paja, propia de una postal, no era más que una borrosa mancha blanca contra los árboles y estaba a oscuras. Al parecer, Lucy, que solía levantarse a unas horas indecentes para alimentar al ganado y otros animales abandonados que había recogido durante los dos últimos años, ya se había ido a dormir. No encontrándole ningún sentido a despertarla, y sin ganas de escuchar la habitual retahíla sobre sus pocas dotes como padre, hizo el menor ruido posible mientras avanzaba por el camino de grava. Sujetando a Liam con un brazo, buscó a tientas la llave sobre el quicio de la puerta.

La luna asomó por detrás de una nube mientras la puerta pintada de rojo se abría dejando ver lo suficiente para que Gianni subiera hasta el piso superior sin tener que encender la luz. Acostó a Liam en la cama de la pequeña habitación abuhardillada y regresó al coche para recuperar la bolsa de viaje que Clare había preparado, volviendo de inmediato.

Liam no se había movido. Sin apenas respirar, su padre lo desnudó con cuidado. Afortunadamente, el niño estaba fuera de juego y ni siquiera se movió cuando le puso un pijama limpio. Gianni acarició un pegajoso mechón de oscuros cabellos mientras miraba con dulzura la angelical expresión de su hijo, sintiendo la familiar oleada de orgullo y feroz instinto protector.

Nunca dejaría de maravillarle haber contribuido en algo a tanta perfección. No había sido planeada, pero la paternidad era lo mejor que había hecho en su vida y, desde el instante mismo de su nacimiento, Liam se había convertido en el centro de su universo.

Con cuidado retiró la pesada colcha, aquella noche no hacía frío, y abrió un poco la ventana. Tras una última ojeada al niño, bostezó y se dirigió a su cama en la habitación contigua. A medio camino se detuvo. Por si Lucy se levantara antes que él, sería buena idea proporcionarle una explicación para ese vehículo desconocido aparcado ante su casa. Lucy, en otro tiempo la mujer más confiada del mundo, había adquirido buenos motivos para sospechar de los extraños. Una nota, decidió, bastaría.

Los perros que dormían en la cocina se levantaron para saludarlo alegremente y se frotaron contra sus piernas mientras dejaba un mensaje pegado a la caja de cereales sobre la mesa de la cocina. Obsesiva del orden, Lucy parecía haberse relajado un poco a juzgar por el desorden reinante en la habitualmente impecable cocina. Tras darles unas palmaditas a los perros, echó un último vistazo a su hijo y se dirigió a la cama.

Diez segundos después de que su cabeza aterrizara sobre la almohada, Gianni estaba durmiendo y no despertó hasta sentir la luz del sol que se filtraba por la ventana.

«¿Dónde estoy?».

La sensación de desorientación solo duró unos segundos, pero fue sustituida por otra mucho más duradera.

Era la primera vez que le sucedía.

Tenía treinta y dos años y, aunque había momentos de su vida que preferiría olvidar, jamás se había despertado con una extraña en su cama.

Desde luego le era totalmente extraña. Habría sido imposible olvidar ese pelo, decidió, mientras analizaba la espesa mata de rizos color rojizo con mechas de cobre.

Se apoyó sobre un codo y estudió la fina espalda de la mujer que dormía con la cabeza apoyada sobre un brazo mientras sujetaba la colcha con el otro. La mirada lo llevó desde las cuidadas uñas hasta el hombro. Tenía piel de pelirroja, pálida y cremosa, ligeramente espolvoreada de pecas a lo largo del hombro y la nuca.

Por lo poco que alcanzaba a ver, la mujer estaba desnuda. Si alguien entraba en la habitación daría por hecho que... ¿Se trataba de alguna clase de encerrona?

El ceño fruncido se relajó al rechazar la idea. «Te estás volviendo paranoico, Gianni».

Entornó los ojos en un esfuerzo por arrancar el adormilado cerebro. «Piensa, céntrate». No podía tratarse de una encerrona pues nadie sabía dónde estaba. Gianni había buscado a muchas personas que deseaban desaparecer y sabía bien que un secreto dejaba de serlo en el momento en que lo compartías.

Y eso le dejaba...

La nada absoluta. ¿Quién era la mujer desnuda de piel sedosa? Su oscura mirada acarició la suave curva de su hombro. «Qué sedosa... ¡Gianni, céntrate!». Más importante que su identidad era saber por qué estaba en su casa y en su cama.

Salvo que no era su cama. Ni tampoco era su casa.

Los oscuros ojos almendrados se abrieron desmesuradamente a medida que una explicación se abrió paso en su cerebro. ¿Sería posible que la chica ya estuviera en la cama cuando él se había acostado, demasiado cansado para darse cuenta de su presencia?

«No solo posible, idiota, ¡probable!».

Despertar y encontrarse con un extraño en su cama no iba a ser la mejor manera de presentarse ante la invitada de su tía.

Con mucho cuidado levantó la colcha sin quitarle ojo a la joven. Su intención era salir de esa cama antes de que ella despertara. Su mirada la abandonó brevemente mientras recorría la habitación. ¿Dónde había dejado la ropa?

Medio desnudo en la cama con una mujer. Gianni se imaginaba las portadas de los tabloides. ¡Y encima no podría decir que se equivocaran!

Al fin vio su ropa, pero demasiado tarde, ya que en ese mismo instante, la figura durmiente bostezó y se estiró perezosamente con un movimiento felino que hizo que la sábana se deslizara hasta su cintura.

Gianni dio un respingo y se quedó paralizado, fatalmente distraído por las suaves y femeninas curvas, deteniéndose en el hoyuelo que asomaba sobre el delicioso trasero que se apuntaba bajo las sábanas. De repente ella murmuró algo y se dio la vuelta, subiéndose la colcha hasta la barbilla y acurrucándose de nuevo.

Gianni respiró hondo y se preparó para lo peor.

«¡Esperemos que tenga sentido del humor!».

Al final resultó que la joven no gritó. Tras pestañear como un gatito adormilado, sonrió cálidamente, aunque quizás fuera corta de vista. En cualquier caso, la lujuria se abrió paso por los canales de la lógica de Gianni que se quedó sin aliento.

Era hermosísima.

Como de costumbre, Miranda despertó sesenta segundos antes de que sonara el despertador. Aquella mañana debía madrugar. Sus quehaceres en la casa incluían más que alimentar a las numerosas mascotas y su sentido del deber le hacía completar todas las tareas que su jefa le había detallado en una de las listas. Había muchas listas.

Aún no había conseguido aprenderse el nombre de todos los componentes del zoológico. Estaba el viejo caballo, el poni de Shetland y el burro, los patos y las gallinas. Su jefa le había escrito los nombres en la lista con su bonita y pulcra escritura. También le había escrito un horario de limpieza. A Miranda, a la que no le alteraba un poco de desorden, le parecía excesivo, pero la pagaban, y muy bien, por lo que su padre calificaba de vacaciones. Eso había sido antes de admitir que no pensaba regresar al inicio del nuevo curso. Y así, según su padre, las vacaciones pagadas se habían convertido en un empleo denigrante para alguien con sus habilidades y cualificaciones.

Miranda suspiró. Estaba escapando, no huyendo. El matiz era importante.

Cierto que en su momento se había sentido como si

el cielo se hubiera desplomado sobre su cabeza, y todavía no podía decir en voz alta que la decisión hubiera sido buena, pero de no haberle robado su hermana, Tam, el hombre junto al que hubiera querido envejecer, la situación se habría prolongado indefinidamente esperando patéticamente a que Oliver se diera cuenta de que era algo más que una eficiente maestra de economía doméstica.

Eficiente no, excepcional, se corrigió Miranda en la línea de su nueva filosofía: «Si lo tienes, presume de ello». Si hubiera presumido de su más que aceptable físico con las ropas de diseño que solía vestir Tam, quizás Oliver habría visto algo más en ella que sus magdalenas de frambuesa.

Aparte del dolor de corazón, Miranda se sentía bastante bien. Normalmente tenía problemas para dormir en una cama extraña, pero la noche anterior se había apagado como una vela y, aparte de unos extraños sueños, había dormido toda la noche.

Con los ojos aún cerrados, se dio la vuelta hacia la ventana que se abría en la pared torcida donde las vigas de roble, ennegrecidas por los años, destacaban sobre la pintura azul. Había mucho colorido en la cabaña. Y había sido precisamente la mezcla del paisaje que se veía por la ventana y esas vigas lo que había animado a Miranda a elegir ese dormitorio cuando Lucy Fitzgerald le había invitado a elegir el que quisiera. Bueno, eso y la enorme cama con el cabecero de madera labrada.

—Pura lujuria —murmuró mientras se acurrucaba.

Extendió ambas manos. La derecha acarició el cabecero de la cama, y la izquierda algo caliente y duro... aún medio dormida, lentamente giró la cabeza.

La sacudida de pánico inicial duró una décima de segundo antes de relajarse y sonreír. Obviamente se trataba de un sueño, pues no podía existir un hombre con ese rostro.

Era pura perfección, decidió mientras estudiaba las angelicales facciones, fascinada por los afilados ángulos y fuertes curvas que convertían ese rostro en mucho más que una belleza simétrica. Una poderosa nariz aquilina, afilados y altos pómulos, frente amplia e inteligente. Sintió un tirón casi físico al contemplar los aterciopelados ojos oscuros enmarcados por largas pestañas y hundidos bajo las cejas de ébano.

Suspiró y avanzó con la mirada hacia una boca de fantasía con los labios esculpidos, severa y al mismo tiempo sensual. La pequeña cicatriz que partía de la comisura derecha de esa deliciosa boca, destacaba blanca sobre el uniforme tono tostado de su piel.

—Buenos días.

Miranda parpadeó de nuevo y se sonrojó violentamente. Al igual que el rostro, la voz era de ensueño. Grave, gutural y con un ligero y adorable acento. Ese hombre de anchos y atléticos hombros, con la sombra de una barba en su mandíbula cuadrada, era la clase de hombre del que estaban hechos los sueños de las mujeres. Sin embargo, parecía tremendamente real para ser un sueño y, además, ¿no estaba despierta?

Miranda sopló un rizado mechón que le hacía cosquillas en la nariz y aspiró el aroma almizclado de alguna clase de colonia masculina... y muy cara, decidió. Era un hombre de ensueño caro. Rudo y sexy. Aunque a ella, para soñar, le gustaban más sensibles.

Por su mente pasó la sonriente imagen de Oliver, a años luz de ser rudo y sexy. Suspiró al recordar cómo había conocido a ese hombre, trabajado con él a diario, aceptado que no sentía nada por ella... aunque sí mucho por su hermana, gemela idéntica.

Se enorgullecía de haber sabido llevar la situación,

ocultando su dolor tan bien que Tam no se había dado cuenta de que tenía el corazón destrozado. Incluso cuando, el día anterior a la boda, su hermana le había confesado estar embarazada, había conseguido contestar con las palabras adecuadas, aunque no se acordara de ellas. Sin embargo, todo tenía sus límites y Miranda no podía seguir trabajando en el mismo colegio que su cuñado.

Tam y ella no habían compartido nunca los estrechos lazos que se atribuían a los gemelos idénticos, pero hasta su hermana acabaría por darse cuenta.

Dirigió su imaginación con tendencias masoquistas hacia las islas griegas donde Tam celebraba su luna de miel y volvió a concentrarse en el hombre tumbado en su cama. Exudaba sexualidad por todos los poros... ¿El hombre tumbado en su cama?

La exclamación fue ahogada por el despertador que dejó de sonar al aterrizar sobre la cabeza del extraño mientras saltaba de la cama envuelta en las sábanas.

Con los ojos como platos, aferrándose a la colcha, miró fijamente al hombre. La adrenalina le urgía a salir huyendo, pero para alcanzar la puerta tendría que pasar por delante de la cama. Hiperventilando violentamente, miró hacia la puerta abierta que comunicaba su dormitorio con el siguiente, pero los pies permanecieron clavados al suelo.

Según decían, un ataque era la mejor defensa. «Compórtate como una víctima y te convertirás en una víctima», había leído en alguna parte.

—¡No se atreva a moverse o...! –¿o qué, Miranda? La barbilla alzada y el gesto desafiante pretendían ocultar su miedo mientras intentaba ganar tiempo–. O... o... o... ¡lo lamentará!

Era imposible que ese tipo no hubiera percibido el temblor en su voz. Sin embargo, no había intentado siquiera moverse y eso era bueno. Miranda contempló su cuerpo. Incluso tumbado era evidente que la superaba físicamente.

Parecía el típico chiflado de gimnasio, capaz de correr una maratón sin sudar. Si quisiera, podría aplastarla como a una mosca. Pero esa era la menor de sus preocupaciones en ese momento. Se negó a especular sobre las posibles intenciones de ese hombre e intentó respirar con calma mientras alargaba una mano hacia el teléfono. Recordaba haberlo dejado sobre la cómoda la noche anterior... ¿no?

Capítulo 2

TAPÁNDOSE con una mano el ojo magullado por el despertador que le había lanzado la chica antes de saltar de la cama, Gianni la miró con el otro y alzó la mano libre en un gesto de rendición. No había que ser un genio para imaginarse en qué estaría pensando.

–Tranquilízate. Esto es un malentendido, una equivocación –intentó calmarla estableciendo contacto visual y experimentando un sobresalto al percibir el extraordinario color de sus grandes ojos enmarcados por larguísimas pestañas.

–Equivocadamente entró en el dormitorio, equivocadamente se desnudó y, equivocadamente, se metió en mi cama... Son muchas equivocaciones.

Esa ligera ronquera en su voz, ¿sería normal o producto del miedo? En cualquier caso, a Gianni le resultaba muy atractiva y se descubrió impaciente por oírla hablar de nuevo.

–Tal y como lo dices, suena muy mal –admitió él–, pero te aseguro que soy inofensivo.

«¡No hiperventiles, Miranda!». Luchando por mantener su pose envalentonada, consiguió sonreír. No podía haber nada menos inofensivo que ese hombre tumbado sobre la cama y que únicamente llevaba puestos los calzoncillos.

Era pura sexualidad. Un depredador. Un depredador

que se había metido en su cama. ¿La había tocado?, se preguntó incapaz de reprimir un escalofrío.

—¡Creo que voy a vomitar! —exclamó mientras el color abandonaba su rostro.

Incluso esa frase resultaba seductora cuando la pronunciaba ella.

¿Qué había dicho Lucy antes de irse? «Espero que no te aburras. Me temo que aquí nunca sucede nada interesante». Para ella, ¿sería aquella una «aburrida», mañana de viernes?

—¿Le dice eso a todas las mujeres a las que intenta atacar? —Miranda respiró hondo y miró al intruso con gesto de repulsión.

Sus dedos acariciaron el teléfono que se deslizó hasta el suelo. «¡Maldita sea!», intentó controlar el ataque de pánico. «No me convertiré en una estadística más. Sobreviviré».

—Ahora voy a salir de aquí —«en cuanto recupere el control de mis piernas».

—No seré yo quien te lo impida.

A Gianni siempre lo habían temido por su dominio de las palabras. Rara vez se había encontrado en una situación en la que no tuviera la respuesta perfecta, claro que era la primera vez que se le consideraba un violador en potencia.

—Ya te lo he dicho, ha sido un malentendido, una equivocación.

—Sí, su equivocación —¿cómo se explicaba que la voz le funcionara, pero las piernas no? Le habría sido mucho más útil al revés—. ¡Gusano asqueroso! —«¿Por qué estoy diciendo las palabras menos indicadas para calmar a un lunático?»—. Practico defensa personal.

Gianni percibía el temblor en el cuerpo de la pelirroja. Aunque aterrorizada, tenía agallas y sus ojos nunca dejaron de mirar los suyos. De repente sintió una gran admiración por ella.

Decidió sentarse en la cama, provocando que la pelirroja diera un paso atrás.

A él no le gustaba asustar a las mujeres y sonrió en un intento de parecer inofensivo e inocuo, nada fácil cuando pasabas del metro noventa y te encontrabas prácticamente desnudo. Estudió a la joven que se ocultaba tras la colcha e intentó pensar en el mejor modo de suavizar la situación.

Era pequeña y delgada, y seguramente más joven que Lucy, aunque nunca se sabía. Tenía el tipo de rostro que siempre parecía joven, de forma ovalada, y en el que destacaba un par de enormes ojos verdes por encima de una diminuta y respingona nariz. No le ayudaba nada fijarse en los sensuales labios, de lo más apetecibles cuando no describían una mueca de desagrado hacia él, pero no podía evitarlo.

—No hay motivo para ponerse histérica.

Ese tipo tenía la osadía de impregnar su voz de un tono de impaciencia. Miranda soltó una carcajada gutural. Si había una ocasión para ponerse histérica, era esa precisamente.

—No estoy histérica —¡estaba mucho más que histérica!

—Pues no es eso lo que parece.

—¿Y qué demonios parece? —espetó ella con expresión tan aterrada que Gianni temió que fuera a lanzarse por la ventana si hacía algún movimiento hacia ella. Accidente o no, el hermoso cuello se partiría y la culpa sería suya.

—Escucha, al otro lado de la puerta hay un cuarto de baño con un estupendo cerrojo. ¿Por qué no entras, te encierras y lo hablamos tranquilamente?

No era la clase de sugerencia que una esperaría de un

posible violador, pero Miranda no bajó la guardia, aunque sus niveles de ansiedad se redujeron ligeramente.

—¿Cómo sabe que el cuarto de baño tiene cerrojo?

Su mente trabajaba frenéticamente. ¿Formaba aquello parte de un siniestro plan? ¿Estaba ese tipo jugando con ella? ¿Había roto la cerradura mientras ella dormía? ¿Y los perros?

—¿Le ha hecho daño a los perros? Porque si lo ha hecho... son animales rescatados y...

—Ya lo sé. Han sufrido lo suyo —la tía Lucy solía recoger a los ejemplares más torturados y desesperados que podía encontrar—. Los perros están bien —la tranquilizó—. Llama a Lucy. Ella me respaldará —pero decidió llamarla él mismo—. ¡Luce!

—¿Conoce a Lucy? —preguntó Miranda, sorprendida.

—¡Lucy! —vociferó Gianni de nuevo antes de bajar el tono de voz—. No tenía ni idea de que tuviera visita —frunció el ceño irritado. ¿Dónde estaba Lucy?—. ¡Luce!

—No está... —Miranda se interrumpió recriminándose, «¡Genial, Mirrie, si aún no sabía que estabas sola, ahora no le cabe la menor duda!».

—¿Se ha ido? —las oscuras cejas formaron una línea recta sobre la nariz aquilina.

Irritado, Gianni siseó. «¿Cuándo fue la última vez que Lucy salió de su casa?».

—Pero regresará en cualquier momento —insistió ella con voz temblorosa.

Él la miró fijamente a los ojos y se encogió de hombros.

El movimiento hizo que Miranda fuera consciente de los músculos bajo la sedosa piel bronceada. Tenía la clase de cuerpo que hacía que un artista sintiera ganas de ir en busca de sus pinceles. La clase de cuerpo que provocaba una reacción física.

–Siento haberte asustado. Yo también me sorprendí al ver que compartía la cama.

–No estoy asustada –mintió ella mientras tragaba con dificultad, incapaz de apartar los ojos de vello que salpicaba los magníficos pectorales–. ¿Cómo ha entrado?

–Abrí la puerta con la llave. Lucy guarda una copia sobre el dintel... Sí, ya sé que es una locura después de tomarse la molestia de instalar un sistema de seguridad de última generación, pero ella tiene la teoría de que nadie buscará en el lugar más evidente. Sé que el cuarto de baño tiene cerrojo, y sé dónde se guarda la llave porque he estado aquí antes.

–¿Antes? ¿Es su novio?

–Soy un pariente –Gianni soltó una carcajada profunda, gutural y atractiva.

Fue el turno de Miranda de soltar una carcajada. Podría haberse tragado la historia del novio, aunque eso no explicaría por qué se había metido en su cama y no en la de Lucy...

No le costaba mucho imaginarse a ese hombre de piel tostada y mirada atrevida como pareja de Lucy Fitzgerald. Por separado, cada uno haría que las conversaciones se interrumpieran al entrar en una habitación, pero juntos provocarían un terremoto. ¿Pariente? De eso nada. Lucy tenía un marcado acento británico, piel clara, ojos azules y cabellos rubio ceniza. Ese hombre, con sus ojos negros, cabellos color ébano y cuerpo bronceado, tenía algo elemental y primitivo en él... peligroso.

–¿Un pariente?

–Llegué muy tarde –él asintió–, y no quería molestar a nadie de modo que... normalmente utilizo esta habitación cuando me alojo aquí.

Parecía sincero, y su historia también. Claro que, hasta que su gemela le había contado la verdad sobre

Papá Noel, había seguido creyendo en él dos años más de lo normal.

—Si usted lo dice —concluyó en un intento de mostrar cierto escepticismo.

—Eres muy difícil de convencer, ¿lo sabías? ¿No has visto las fotos del salón?

Miranda se mantuvo en silencio. Había repasado la extensa colección de fotos enmarcadas y empezó a considerar la posibilidad de que el parentesco existiera.

—¿Las has visto o no?

—¿Entonces qué es? —ella asintió—. ¿Su hermano?

—No, soy su sobrino.

—¿Sobrino? —exclamó ella—. Está claro que no conoce a Lucy.

—¿Y en qué te basas para decir eso?

—Bueno, para empezar, ella es más joven que usted y es inglesa, mientras que usted... no sé lo que es, pero creo que se enteró de que se marchaba y decidió entrar para ver si había algo de valor, me vio durmiendo y...

—¿No pude resistir la tentación?

Miranda se sintió sonrojar violentamente.

—No me gusta presumir, pero no sería la primera vez que una mujer comparte la cama voluntariamente conmigo —admitió Gianni—. En cuanto a Lucy, tiene dos años menos que yo y es mi tía y, al igual que ella, soy medio irlandés. Mi otra mitad es italiana, mientras que la suya es inglesa. El abuelo Fitzgerald tuvo tres esposas y diez hijos. Mi padre era el mayor y Lucy, que nació treinta años después, era la pequeña.

Gianni hizo una pausa.

—Fíjate en las fotos —sugirió—. Estoy en al menos dos. No es que haya salido muy bien, pero... —sin dejar de mirarla a los ojos, puso los pies en el suelo y añadió con dulzura—. Si hubiera querido mentir, se me habría ocurrido una historia mucho más convincente, *cara*.

Miranda mantuvo la pose defensiva. Ese hombre no había dejado de parecerle peligroso, pero en algo tenía razón: la historia era tan simple que debía ser cierta.

–¿Te importaría lanzarme la camisa y los pantalones? Están sobre la silla –Gianni sonrió y Miranda tuvo que hacer un esfuerzo por no corresponderle–. Me siento muy expuesto.

¡Menuda mentira!

Miranda seguía con los ojos el movimiento de la mano del intruso que se deslizaba desde el pecho hasta el estómago. No se imaginaba a nadie más despreocupado por estar medio desnudo ante una extraña. Ella, sin embargo, era dolorosamente consciente de su propia desnudez y, peor aún, de la de ese hombre.

Aunque no le convencía del todo la historia, ya no pensaba que constituyera una amenaza física y le lanzó la ropa de una patada.

–Por cierto, me llamo Gianni Fitzgerald –se presentó.

Miranda ignoró tanto la invitación silenciosa para presentarse como la mano extendida. Lo que no pudo ignorar fueron los músculos que se marcaban con cualquier movimiento.

–Y ahora cuéntame dónde está Lucy y cuándo regresará –Gianni se encogió de hombros y arqueó una ceja–. ¿O acaso se trata de información confidencial?

–Está en España –contestó ella con la mirada fija en un punto por encima del hombro. Al menos estaba poniéndose algo de ropa. Sin embargo, ella se sentía igual de vulnerable.

Gianni se puso los pantalones manteniendo, aparentemente sin esfuerzo, el equilibrio sobre una pierna. Una pierna larga, musculosa y cubierta de vello... aunque ella no miraba. No. Con gran tendencia a la torpeza, siempre había envidiado a las personas que mostraban una buena coordinación.

—¿A qué ha ido a España?

Si su jefa hubiera querido que Gianni lo supiera, se lo habría contado ella misma. Respetando el derecho a la intimidad de Lucy Fitzgerald, Miranda contestó evasivamente.

—Puede que regrese en un mes —en realidad no habían hablado de ninguna fecha.

Gianni se alisó los cabellos en un gesto de frustración. El bronceado torso se elevó al respirar profundamente. No había contado con la ausencia de Lucy. Su intención había sido quedarse allí para proporcionarle a Sam el espacio que aseguraba necesitar.

—Pues tenemos un problema.

—¿Tenemos? —Miranda sacudió la cabeza. Ella ya tenía bastantes problemas sin necesidad de ser incluida en los de un completo extraño.

Capítulo 3

PAPI, tengo sed...

¿Papi? Miranda se volvió hacia la vocecilla infantil.

Boquiabierta, contempló con los ojos muy abiertos al pequeñín que estaba en la puerta. Debía tener tres o cuatro años, llevaba un pijama estampado con personajes de dibujos animados y se aferraba a un peluche que, en sus tiempos, debió haber sido un conejo.

—¿Es suyo? —ella miró acusadoramente al hombre que decía llamarse Gianni Fitzgerald.

Gianni asintió.

Miranda devolvió su atención al niño que se frotaba los ojos con el puñito. Hizo un amago de pucheros y se dirigió con paso decidido hacia su padre.

—Tengo sed...

—Por favor... —le recordó Gianni.

¿Tan profundamente había dormido y cuántas personas más había en la casa?

—¡Tú no eres la tía Lucy! —exclamó el pequeño mirándola con gesto acusador desde unos ojos de un color azul idéntico al de Lucy Fitzgerald. Los cabellos eran igual de oscuros que los de su padre, las mejillas sonrosadas y la tez bronceada por el sol.

Al parecer Gianni Fitzgerald sí era quien afirmaba ser, aparte de algunas cosas más que no había dicho ser, como estar casado o tener un hijo.

Cierto que no era lo primero que uno contaba cuando

se despertaba en una cama con un extraño. Sin embargo, por el bien de las mujeres que pudieran estar interesadas en él, y debía haber unas cuantas, un hombre así debería llevar anillo de casado.

A pesar de que ya podía relajarse, en efecto todo había sido una equivocación, Miranda sujetó la colcha con más fuerza alrededor del cuerpo. No necesitaba proteger su virtud de algún lunático peligroso, pero podría morirse de pura vergüenza.

—No, no lo soy. Me llamo Miranda, Mirrie —sonrió al niño—. ¿Y tú eres...?

—Con cuidado, campeón —le advirtió Gianni mientras lo ayudaba a subirse a la cama—. Este es Liam. ¿Miranda...? —Gianni la observó atentamente.

Miranda giró la cabeza, consciente de haberse sonrojado. Nunca había conocido a un hombre que pudiera transformar el gesto más inocente en algo... íntimo.

—Hola, Liam —la mirada verde de Miranda se endureció al dirigirse a su padre—. No me dijo que no estaba solo.

—¿Es tu manera de decir, «lo siento, Gianni, ahora veo que decías la verdad»?

—¡No pienso disculparme! —espetó ella.

—Bueno, pero sí diste por hecho unas cuantas cosas muy desagradables y yo te he proporcionado una historia que te dará mucho juego como tema de conversación.

Miranda intentó no sonreír ante la expresión martirizada del hombre. Lo único que hacía tolerable, o casi, su arrogancia era su aparentemente irresistible sentido del humor.

—Creo —contestó ella con aspecto digno—, que tengo una buena excusa, como despertarme y encontrarle en mi cama...

—Yo también me sorprendí, pero te concedí el bene-

ficio de la duda. Inocente hasta demostrar su culpabilidad. Ese es mi lema.

–Pues conmigo no hay duda –anunció ella en tono
malhumorado–. ¿No se le ocurrió identificarse desde el
principio y mencionar que había traído a su hijo consigo?

–Tampoco es que me dieras muchas oportunidades.

–Tengo mucha, mucha sed –se quejó el niño que intentaba subir y bajar de la cama–. Y quiero irme a casa.
Quiero a Clare. Ella siempre me deja un vaso de agua
junto a la cama.

¿Quién era Clare?, se preguntó Miranda. ¿Y dónde
estaba la madre de ese niño?

–Clare no está aquí –no había sido la decisión más
acertada de su vida–. Estamos solos tú y yo –«sencillí-
simo, Gianni». Las palabras lo atormentarían el resto de
su vida.

–Ella está aquí.

El niño agitó una mano hacia Miranda que, sin pensar, dio un paso al frente, alarmada.

–Se va a caer –advirtió a Gianni mientras contenía
la respiración al ver cómo el pequeño se balanceaba peligrosamente sin que su padre reaccionara–. ¿No debería...? –miró a Gianni a los ojos y se interrumpió al encontrarse con una mirada claramente hostil.

Gianni encajó la mandíbula ante una actitud que no
le era nueva y que siempre lo ponía a la defensiva. Sabía
por experiencia que ser mujer no convertía a una persona en una experta cuidadora de niños, ni tener el cro-
mosoma Y en alguien negado para ello.

–No va a caerse –contestó con confianza mientras su
hijo aterrizaba contra el suelo.

Miranda soltó un grito y se apresuró a auxiliar al pequeño, pero su padre, que había reaccionado con más
rapidez y mayor agilidad, ya estaba arrodillado junto al
niño.

A lo mejor no sabía gran cosa sobre viajar con un niño que se mareaba fácilmente, reflexionó él, pero al menos sí sabía cómo hablar con voz pausada a su hijo.

—¿Estás bien? ¿Te has hecho daño?

Liam solía reírse ante los golpes, salvo cuando percibía la ansiedad en un adulto, en cuyo caso podía llegar hasta la histeria.

La mirada azul que se fijó en su padre estaba llena de lágrimas. Gianni sonrió tranquilizadoramente y repasó el cuerpo de su hijo para comprobar si estaba herido.

—Estoy bien —el niño parpadeó varias veces y se mordió el tembloroso labio—. Los Fitzgerald somos duros.

—Buen chico —Gianni le dio unas palmaditas en el hombro y levantó el pulgar.

Miranda, que había observado la escena con desaprobación, tuvo que contener la emoción cuando el niño devolvió el gesto del pulgar y sonrió orgulloso mientras se ponía en pie.

El niño era encantador y resultaba evidente que deseaba complacer a su padre, un ejemplar clásico del club de «los chicos no lloran».

«Si alguna vez tengo un hijo», pensó «le enseñaré que los chicos pueden tener sentimientos. Tiene derecho a llorar».

—Aún no me has dicho que me lo advertiste —Gianni se volvió hacia ella con gesto burlón.

—Tampoco he dicho que los chicos grandes no lloran —espetó Miranda, incapaz de deshacerse de la ilógica sensación de que esos ojos burlones podían leer su mente.

—¿Insinúas que no estoy en sintonía con mi lado femenino, Miranda?

—No... —ella se sobresaltó al oír su nombre en labios de ese hombre. Hacía que sonara... ¿diferente? Ese hombre desprendía más testosterona que un equipo de rugby.

–Soy medio italiano y medio irlandés, y ninguno de los dos son conocidos por inhibirse a la hora de expresar sus sentimientos.

«No me cabe la menor duda», pensó Miranda con los ojos fijos en los sensuales labios.

–Y a menudo lo hacemos en voz alta –reconoció él sonriendo abiertamente.

Miranda apartó la cabeza para evitar la atrayente mirada de Gianni. Ignorando el agarrotamiento de los músculos del estómago, dirigió su atención al pequeño.

–¿Seguro que está bien?

–No –fue el niño el que contestó–. Vomité en el coche... mucho –anunció mientras miraba a Miranda con gesto de cachorrito apaleado–. El coche olía fatal. Papá se enfadó.

–¿En serio? Y seguro que eso te ayudó un montón –el comentario fue directo a su destinatario.

–Ya sabes cómo son los hombres con los coches –Gianni estaba más que resignado a ser el malo de la película. «¿Para qué luchar?», pensó encogiéndose de hombros.

Miranda soltó un bufido mientras se dirigía a la ventana por la que se veía un vehículo de cuatro ruedas y aspecto poco recomendable.

Se sabía muchas cosas de un hombre por el coche que conducía, tal y como su madre había enseñado a sus hijas. Oliver había conducido un utilitario. Sólido, seguro y fiable.

–¡Madre mía! –exclamó–. No me sorprende que se mareara en esa cosa. ¿Cómo se le ocurrió viajar con un niño que se marea en algo apenas superior a un coche de caballos?

–Ya sabes lo que dicen, Miranda, los mendigos no

pueden elegir –él se encogió perezosamente de hombros–. Y es evidente que no soy tan experto como tú en el cuidado infantil –encajó la mandíbula y enarcó una ceja–. ¿Cuántos hijos tienes?

–Ese no es el coche de papá. Papá tiene un coche enorme –presumió el pequeño mientras empezaba a correr por la habitación imitando el rugido del motor de un coche.

–No tengo hijos, y no he pretendido hacerme pasar por una experta –contestó Miranda.

–Solo eres una mujer.

–¿Tiene algo en contra de las mujeres?

–Jamás se me ha acusado de que no me gustaran las mujeres.

«Apuesto a que ellas no pueden vivir sin ti», pensó Miranda mientras apartaba la vista de la sensual boca, consciente del dolor que sentía en el abdomen. Ese hombre era lascivamente atractivo. De inmediato sintió simpatía por la madre de Liam antes de regresar a la boca y pensar que esa mujer no necesitaba simpatía. Tenía esa boca para ella.

Escandalizada por sus propios pensamientos, parpadeó antes de bajar la mirada, aferrarse a la colcha y resistirse al impulso de acariciar sus propios labios.

–Estoy segura de que su esposa estará locamente feliz por ello.

–No estoy casado.

–¡Oh! Pensé... –el que no estuviera casado no significaba que no tuviera pareja.

–Y no, no estamos juntos.

–¡Oh! –hubo una incómoda pausa–. Lo siento.

–No lo sientas –él la miró con expresión gélida–. Liam no sufre porque sus padres no sean pareja –con el tiempo, pocos amigos del niño formarían parte de una familia convencional.

Pero, ¿cuántos de esos amigos tenían una madre que se hubiera declarado incapaz de ajustar su estilo de vida a las necesidades de un hijo?

Como de costumbre, Gianni desechó la idea. Esa era una pregunta para el futuro.

Del mismo modo que se había ocupado del bombazo de Sam al anunciarle su embarazo. Del mismo modo que se había ocupado de sus amables, aunque divertidas, respuestas cuando le había preguntado si iba a abandonar su profesión como corresponsal de guerra.

La única experiencia con madres había sido con la suya propia. Ella siempre había antepuesto la familia a todas las cosas y, aunque no esperaba que la madre de su hijo regresara a los años 1950 para convertirse en la perfecta ama de casa, y no tenía ningún problema en que siguiera con su carrera siempre que no fuera secuestrada por una banda de rebeldes, no se le había ocurrido que no fuera su principal cuidadora.

Del mismo modo que no se le había ocurrido que no se casaría con la madre de su hijo.

—Liam es... —Gianni se interrumpió frunciendo el ceño.

No estaba acostumbrado a hablar de su vida con extraños, ni a defender sus acciones, pero en esos momentos daba la sensación de ser alguien que reclamaba aprobación.

—No me gusta discutir antes de tomarme el primer café del día —él bajó la mirada—. Sobre todo con una mujer desnuda.

La frase hizo que Miranda se llevara una mano a la boca. Craso error, pues la colcha estuvo a punto de deslizarse por un lado.

—Os proporciona una injusta ventaja —Gianni sonrió ante los esfuerzos de Miranda.

¡Injusta! Miranda se quedó sin habla ante la desfachatez de ese hombre. Jamás en su vida se había sentido en menor desventaja que en esos momentos y lo miró furiosa.

—Bueno, pues dado que me gusta jugar en igualdad de condiciones, podemos continuar esta conversación cuando me haya puesto algo de ropa encima.

La risa de Gianni fue cálida, profunda, gutural y totalmente inesperada. Consciente de la ligera respuesta de la parte inferior del estómago, Miranda luchó contra el impulso de sonreír. Ese hombre era un experto en sonreír y recibir sonrisas a cambio.

—Me parece justo —asintió Gianni—. Vamos, campeón, creo que te vendrá bien un poco de agua y jabón —tomó a su hijo en brazos e hizo una mueca ante el olor acre que desprendía—. Dejé el equipaje en la cocina. ¿Qué tal si usamos el baño de abajo y tú el de arriba... el que tiene el enorme cerrojo?

Miranda alzó desafiante la barbilla ante el comentario jocoso.

—Y créame, señor Fitzgerald, pienso utilizarlo.

Gianni la miró con ojos burlones. Ese hombre era un auténtico chico malo. Ella nunca se había sentido atraída hacia los chicos malos, y eso la colocaba en el grupo minoritario.

—Mi madre me advirtió sobre las mujeres de lengua afilada —sin embargo, pensó él, no le había hablado de las mujeres cuyas lenguas estuvieran hechas para el pecado.

Su mirada se detuvo un instante sobre ella antes de darse media vuelta con una sonrisa. Ni siquiera se volvió cuando ella contestó.

—Y mi madre me dijo que los hombres que tenían miedo de las mujeres inteligentes solían tener problemas de autoestima.

La mirada de Gianni le había provocado una descarga en el sistema nervioso. Respirando con dificultad mientras intentaba ignorar el gutural sonido de la risa de ese hombre, se esforzó por librarse de la extraña sensación de anticipación y excitación que tenía en la boca del estómago mientras se quitaba la colcha y caminaba hacia el cuarto de baño.

Capítulo 4

MIRANDA echó el cerrojo con decisión sin importarle, más bien deseando, que él lo oyera. Por mucho que fuera el padre de un encantador pequeñín, tenía el aspecto de ser un hombre al que no le asustaba sobrepasar los límites. La paternidad no le convertía en inofensivo, aunque no creía ni por un segundo que intentara abrir la puerta del baño.

Dejó caer la colcha al suelo y abrió la ducha. Pero, en lugar de meterse en el amplio cubículo se apoyó contra la puerta y cerró los ojos mientras esperaba a que su corazón recuperara algo parecido al ritmo normal.

El encuentro la había dejado en un gran estado de excitación. Sabía que era efecto de la adrenalina, pero sentía un torbellino en la cabeza mientras luchaba por atemperar la extraña combinación de entusiasmo y antipatía.

Al fin soltó un suspiro y entró en la ducha. Con el rostro alzado bajo el chorro de agua, se frotó el cuerpo con gel. Sin embargo, la voz de Gianni seguía impregnando su mente, junto con la irónica sonrisa, mezcla de insolencia y travesura.

Minutos después salió de la ducha, satisfecha por haber aclarado de su mente, en sentido figurado, a Gianni Fitzgerald. Tan solo le quedaba hacerlo de manera práctica.

Se secó los cabellos con la toalla y se vistió con lo primero que sacó de la maleta. Estaba corta de sujeta-

dores, pero no era gran problema. No estaba precisamente superdotada en ese terreno y la camisa que se
abotonó apresuradamente no era demasiado ajustada.

Estaba peinándose cuando oyó un estruendo procedente del piso inferior. La cocina, en su opinión la estancia más impresionante de la casa, estaba justo debajo
del cuarto de baño.

Frunció el ceño y contempló su imagen en el espejo.
«¿Qué estará haciendo ahora?», se preguntó mientras
sonaba otro estruendo.

Situada en la parte trasera de la casa, la cocina se
abría a un patio en el que había varios edificios anexos.
Había pasado una agradable hora explorando ese lugar
la noche anterior, descubriendo que las instalaciones de
aspecto rústico escondían los más modernos electrodo-
mésticos. Era evidente que el dinero no era problema
para Lucy Fitzgerald, aunque no había conseguido averiguar cómo se ganaba la vida.

—No sé cocinar —había admitido la hermosa rubia.

Secretamente escandalizada por la revelación, ya
que lo consideraba un imperdonable desperdicio de cocina, Miranda admitió sí saber cocinar.

—El congelador está lleno de comida preparada, pero
si quieres cocinar con lo que hay por aquí, adelante —había asentido su jefa mientras abría una bien provista des-
pensa—. Un amigo compró varias cosas. Iba a aprender
lo básico, pero al final nunca... Bueno, sírvete tú misma.
Hay una tienda y una frutería en el pueblo, y un frutero
a domicilio, bastante mono si me preguntas, si no estás
comprometida...

Ella había admitido que no, pero no entró en más detalles y Lucy respetó su silencio.

Miranda bajó a la cocina en el preciso instante en
que Gianni vaciaba un recogedor lleno de trocitos de
porcelana en un cubo de basura junto a la puerta. Liam

estaba sentado en una silla balanceando las piernas y dándole palmaditas en la cabeza a uno de los perros.

Los cabellos del pequeño estaban húmedos y el angelical rostro resplandecía brillante y limpio. Tenía aspecto sano y delicioso. Su padre, que también tenía los cabellos húmedos, no tenía aspecto sano, pero desde luego sí delicioso.

Salvajemente delicioso, decidió ella, aprovechando la oportunidad de analizarlo antes de que la descubriera. Cada vez que lo miraba, sentía un cosquilleo en la piel, ¡y eso que no le gustaba su actitud machista! Sería pura curiosidad científica.

Tragó con dificultad para aliviar la sequedad de su garganta. Era probable que Gianni Fitzgerald produjera el mismo efecto en cualquier mujer con sangre en las venas. ¿Sería por su origen latino? Había dicho que era medio italiano, aunque tampoco podía negar sus orígenes celtas.

Vestía de manera informal con una camiseta holgada, que no conseguía disimular el musculoso torso, y unos vaqueros desteñidos que se ajustaban a los largos y atléticos muslos. Pero la sexualidad que desprendía no tenía nada que ver con la ropa sino con él.

Como si hubiera sentido su mirada, Gianni se volvió y la sorprendió mirándole el trasero. Miranda alzó la barbilla en un gesto desafiante que provocó en él una sonrisa torcida.

Sus miradas se fundieron y ella vio algo parecido al fuego en el fondo de los negros ojos.

No pudo definirlo, pero a su cuerpo no le importó el nombre. Reaccionó indiscriminadamente lanzando una oleada de fuego por todo su organismo.

No había protección posible frente a ese hombre. Tiró del cuello de la camisa y, sin querer, soltó los dos primeros botones.

Los ojos de Gianni fueron directamente a la pálida piel que había quedado al descubierto y que difícilmente podría haber sido catalogada de provocativa. Sin embargo, su cuerpo reaccionó con una desproporcionada oleada de deseo que se concentró en la entrepierna.

Tragó con dificultad, irritado por su falta de autocontrol, y ladeó la cabeza en exagerada aprobación recurriendo al humor para ocultar su reacción.

—Me cuesta reconocerte con ropa, *cara* —observó mientras se deleitaba con el tono púrpura que asomaba a las mejillas de la joven.

Cuando un hombre despertaba junto a una hermosa mujer, sucedía lo inevitable. No era ningún misterio, simple deseo físico, nada que no pudiera subsanar una ducha fría... otra.

Antes de que Miranda pudiera responder, Gianni desvió su atención hacia el niño.

—Quédate donde estás hasta que inspeccione el suelo, Liam —el resto de la frase fue pronunciado en italiano y Miranda contempló impresionada cómo el pequeño respondía en perfecto italiano a su padre.

Una inesperada emoción se instaló en su garganta mientras observaba relajarse el rostro de Gianni que se agachó junto a la silla del pequeño, lo tomó por la cintura y lo dejó en el suelo empujándolo hacia la puerta.

—¡Tengo hambre!

Gianni, que solía marcharse de casa antes de que el niño desayunara, dudó antes de buscar la lata en la que, según creía recordar, la golosa de tía Lucy guardaba las galletas. Estaba vacía.

—*Dio* —los largos dedos tamborilearon sobre la encimera de granito mientras experimentaba una inhabitual punzada de indecisión y duda. Para un hombre capaz de conservar la sangre fría mientras a su alrededor todo se desmoronaba, la sensación era muy incómoda.

Empezaba a comprender la expresión de horror en el rostro de Clare al conocer sus planes de pasar un tiempo a solas con Liam. La niñera seguramente se había preguntado si el niño regresaría de una pieza.

Lo que tenía que hacer era demostrarle que se equivocaba, no perder el tiempo compadeciéndose. Por una vez podía disfrutar de su hijo, algo que no sucedía a menudo.

—¿Dónde están las galletas... o el pan?

Miranda lo observó registrar la cocina con el aspecto de alguien que esperaba que lo que buscaba se materializara sin más de la nada.

La visión de ese hombre tan perdido, hizo que sintiera menos rechazo hacia él. Parecía acostumbrado a dar órdenes y esperar que todos saltaran a su alrededor.

Miranda no saltó, pero sí abrió la nevera y sacó un cartón de leche. No podía consentir que el pequeño pasara hambre porque su padre fuera un tipo mandón y controlador, aunque con un buen trasero y una inquietante mirada que le hacía ponerse a la defensiva.

Encontró el tazón de plástico que buscaba y se lo entregó a Gianni sin decir una palabra.

—Quizás esto le permitirá aguantar hasta el desayuno.

Gianni se preparó para una charla sobre nutrición infantil. Por su experiencia sabía que rara era la mujer que se resistía a demostrar sus conocimientos en ese campo, pero al no producirse dicha charla, asintió en un silencioso gesto apreciativo.

Vigiló a Liam mientras se tomaba el vaso de leche y se limpiaba después y luego le dio permiso para salir al patio.

Gianni se colocó junto a la puerta para no perder de vista al niño y cruzó los brazos sobre el pecho mientras observaba a la empleada de Lucy atareada en preparar el desayuno.

—¿Puedo ayudarte en algo?

–No –contestó tajantemente Miranda. A menudo la habían acusado de comportarse como una diva en la cocina y decidió suavizar su rechazo–. Gracias, pero no hace falta ayuda. Me gusta cocinar –lo menos que podía hacer era darles de comer antes de que se fueran.

–Desde luego parece que sabes lo que haces –el lenguaje corporal de Miranda era relajado. Las mujeres que solía frecuentar no cocinaban. Demonios, ni siquiera comían, aunque sí les gustaba sentarse a la mesa en un restaurante y empujar la comida por el plato con el tenedor. Empezaba a sentirse más atraído por esa pelirroja de lo que lo había estado por ninguna mujer en mucho tiempo. «Admítelo y sigue tu camino porque no va a suceder», se dijo a sí mismo. Estudió su rostro con la esperanza de ver algo que sugiriese que se había equivocado con ella, que esa mujer solo buscaba sexo en un hombre.

Pero no lo encontró. Deseable o no, la empleada de Lucy era la clase de mujer a la que solía evitar. Era padre soltero, trabajaba muchas horas en un puesto muy exigente y creía estar conciliando ambos papeles bastante bien, pero el romance no estaba en su agenda.

–Así es –admitió ella sin sentir la necesidad de mostrar falsa modestia–. Pero solo estoy preparando unos huevos revueltos –señaló–. No un plato digno de una estrella Michelín.

–Eso depende de cómo se mire. La última mujer que cocinó para mí, metió en el microondas un plato preparado con su bandeja de aluminio... e incendió el horno.

–¿En serio? –ella soltó una carcajada.

Gianni asintió.

–Estoy preparando el desayuno –murmuró Miranda–. No estoy cocinando para usted.

¿Y para quién estaba cocinando? Se preguntó ella misma. Conocía su nombre y el parentesco que le unía a su jefa. Pero, ¿quién era aparte de un hombre propenso a cambios de humor y con más encanto del que resultaba aconsejable? Presentaba tantas contradicciones que no resultaba fácil de etiquetar. Conducía un coche decrépito y vestía ropa informal, aunque la etiqueta denotaba su elevado precio. Aunque hubiese llevado ropa barata estaría estupendo, reflexionó mientras recorría su figura de arriba abajo, parándose en el reloj que brillaba en la bronceada muñeca.

–Sí, la hora está bien.

–¿Cómo? ¡Oh! –ella lo miró a los ojos–. Solo estaba repasando...

–Ya me había dado cuenta –él la miró con un brillo divertido en los ojos.

–¡A usted no! La hora –rechinó los dientes y sintió el rubor teñirle las mejillas. Abjuró en silencio por tener la piel tan blanca acompañada de una doble dosis de pecas y rubor.

El sonrojo no hizo más que aumentar cuando él contempló ostensiblemente el enorme reloj de pared que tenía la joven justo encima de la cabeza.

–Es un bonito reloj...

Y también debía ser bueno. No parecía la clase de hombre que se conformara con imitaciones. Debía valer tanto como su sueldo de un mes, quizás más.

–¿Te dedicas a esto profesionalmente? –preguntó Gianni evasivamente.

–¿Qué? –ella sacudió la cabeza. ¿Intentaba cambiar de tema?

–Todo eso de llegar al corazón de un hombre a través del estómago –Gianni señaló hacia los utensilios de cocina aunque, por él podría estar hirviendo agua. La sexy pelirroja no tendría ningún problema para llegar, si no al corazón de un hombre, sí a su libido.

–Relájese, señor Fitzgerald –ella alzó la barbilla–. No estoy interesada en su corazón.

–No es mi corazón lo que se siente más afectado por ti, *cara*.

Miranda apretó los labios irritada por ser el objeto de sus bromas. Pero al mirarlo a los ojos, unos ojos de expresión tórrida, su enfado se extinguió de golpe.

No había sido ninguna broma.

–Me siento halagada.

El corazón galopaba en su pecho. Ningún hombre la había mirado jamás con tal deseo.

–Estudié economía del hogar.

Miranda y su hermana habían estudiado juntas, aunque Tam se había decantado por el diseño de moda. Dos semanas antes del inicio de curso, un encuentro fortuito había cambiado el curso de su vida.

Miranda recordó aquel día en el andén de la estación, su hermana, su madre y ella aguardando la llegada del tren que les llevaría a casa tras una tarde de compras.

Durante el trayecto habían bromeado sobre el hombre que había entregado su tarjeta a Tam, apenas advirtiendo la presencia de Miranda, mientras explicaba que era agente de reparto en una productora.

Una vez en casa, Tam había recuperado la tarjeta del cubo de basura donde la había arrojado su madre y, sin contar con sus padres, había llamado. Aquello había resultado ser cierto y tres semanas más tarde, había pasado con éxito la prueba para una serie de televisión en Estados Unidos. La serie no había llegado a estrenarse en Gran Bretaña por lo que su hermana, siendo un rostro conocido en los Estados Unidos de América, podía pasearse por la calle tranquilamente sin que nadie le pidiera un autógrafo.

–¿Trabajas en algún catering?

–No. Doy... daba clases en la escuela local a la que fui de pequeña.

«No le des demasiados detalles, Miranda».

«Te desea».

Cerró los ojos ante la excitación que la inundó desde la cabeza hasta los dedos de los pies.

–Sé que no es muy interesante –el tono de voz era vagamente de disculpa.

–¿No lo es?

Miranda parpadeó de nuevo, atrapada por la pregunta directa y bajó la vista.

–¿No es interesante, comparado con qué?

Ella se sintió alarmada ante el razonamiento que subyacía bajo la sencilla pregunta y levantó bruscamente la cabeza, recurriendo a lo primero que se le ocurrió.

–¿Le gustan a Liam los huevos revueltos?

Gianni le observó batir un cuenco con huevos. Era evidente que había dado en el clavo.

–¿Le gustan?

Gianni la miró inexpresivo.

–¿Le gustan los huevos?

–No lo sé –miró a su hijo que regresaba a la cocina.

Miranda no dijo una palabra, no hacía falta, pues la mirada fue lo bastante elocuente y le dejó bien claro lo que pensaba de los padres que no tenían ni idea de lo que comían sus hijos. Después se agachó y le hizo la pregunta directamente al niño.

Tras mirar inquisitivamente a su padre, el pequeño respondió exactamente lo mismo.

–¿Qué te parece si los pruebas con un poco de beicon? –propuso ella mientras cortaba dos lonchas–. ¿Y también unos tomates?

–¿No se lo va a cortar?

Gianni estaba a punto de hacerlo cuando su hijo se echó parte de la comida encima.

–Ya se las apaña él –sacudió la cabeza.

–Espero que haya traído ropa de repuesto –Miranda observó al niño que manejaba el cuchillo y el tenedor mejor que su padre aceptaba consejos.

La sonrisa burlona de la joven hizo que Gianni sintiera... en realidad lo que sentía, aún sin la sonrisa, eran ganas de besar esos seductores labios. Pinchó un trozo de beicon con el tenedor y frunció el ceño. No era la primera vez que se encontraba atraído por una mujer poco adecuada para él. En su situación, no resultaba adecuada ninguna mujer que buscara en él más de lo que estaba dispuesto, o podía, ofrecer. Sin embargo, era la primera vez que su cuerpo respondía con una urgencia tan inmediata como lo hacía ante esa pelirroja.

Dio, con tanto trabajo apenas veía a su hijo... Sacudió la cabeza. No necesitaba añadir complicaciones emocionales a su situación.

Y ella sin duda lo sería.

No hacía falta ser adivino para saber que esa pelirroja era de las que acaparaba la atención.

–¿Qué? –preguntó Miranda mientras agitaba un tenedor hacia el hombre que la miraba fijamente–. ¿Nadie le ha dicho que es de mala educación mirar así? –apretó los labios irritada a partes iguales por la mala educación y por el modo en que le afectaba.

–Nunca había visto a alguien de tu tamaño comer tanto –admitió él.

–Tengo un metabolismo rápido –contestó ella sintiéndose como una atracción de feria.

Por eso resultó todo un alivio cuando Liam tiró el vaso de zumo de naranja y los negros y turbadores ojos por fin abandonaron su rostro.

Cuando Liam terminó de desayunar, su padre lo envió de nuevo a jugar al patio y se sirvió otra taza de café.

Miranda recogió los platos y los metió en el lavavajillas. Consciente de la silenciosa presencia de Gianni Fitzgerald, abrió la nevera y guardó la jarra de leche. La mañana era cálida y, si acertaban los pronósticos del tiempo, les aguardaba un caluroso día.

Intentó controlar la ansiedad que amenazaba con impregnar su voz mientras se dirigía al hombre que la miraba desde la puerta.

—¿Quiere que prepare unos bocadillos para el viaje?

—¿Viaje? —repitió él mientras observaba a Liam perseguir gallinas por el patio.

—Bueno, supongo que querrá regresar a... —se encogió de hombros.

—Pues supones mal —contestó Gianni mientras fijaba una mirada fría y calculadora sobre ella. Bajo la tórrida superficie y el carismático encanto, ese hombre era frío hasta la médula. Una frialdad que solo lo abandonaba cuando miraba a su hijo.

Miranda sintió un escalofrío recorrerle la columna mientras la mirada negra seguía fija en ella y tuvo que recurrir a un esfuerzo consciente para romper el contacto.

—Llámame Gianni... las mujeres que comparten mi cama suelen hacerlo.

—Te invitaron... —Miranda desvió incómoda la mirada mientras sentía el color aflorar de nuevo a sus mejillas—. Doy por hecho que ellas te invitaron a su cama.

—Pareces muy interesada en mi vida sexual.

—Solo estaba pensando en el modelo de conducta tan bueno que eres para tu hijo —Miranda entornó los ojos con desagrado.

En un instante el reflejo burlón de los ojos de Gianni se convirtió en clara hostilidad. Ese hombre con sus violentos cambios de humor podría llegar a ser despiadado.

—Supongo que es lógico dado que eres padre de fin de semana —añadió sin poderlo evitar a pesar de ser consciente de que no era la clase de persona a la que una querría enfrentarse.

—No soy padre de fin de semana —la mandíbula cuadrada se encajó un poco más. Solo un padre que desconocía si a su hijo le gustaban los huevos revueltos–. Soy padre a jornada completa.

–¿Y qué pasa con su madre? –de inmediato comprendió lo insensible que había sido–. ¿Liam tiene madre? Quiero decir... ¿viva?

–Sam está bastante viva, pero no... Mantiene algún contacto con Liam, pero soy yo quien tiene la custodia.

¿Algún contacto?

–¡Pobrecilla! –el cinismo de Gianni hizo que Miranda se estremeciera. ¿Cómo podía ser alguien tan inhumano como para arrebatarle el niño a una madre?

Los ojos negros de Gianni emitieron fuego mientras los músculos alrededor de la boca temblaban ante la acusación.

–Liam no necesita tu compasión –espetó–. Y Sam tampoco. No hubo coacción. No obtuve la custodia bajo intimidación. La madre de Liam no nos quería... –Gianni se interrumpió.

«Mejor tarde que nunca, Gianni».

Dio, ¿qué estaba haciendo? Miranda no era la primera persona en presuponer aquello, pero sí era la primera vez que había sentido la necesidad de justificarse.

–Lo siento –contestó ella rompiendo el incómodo silencio.

–¿El qué sientes? –rugió él–. ¿Ser una entrometida?

Miranda supo instintivamente que ese hombre no iba a perdonarle haber visto más allá de la fachada machista que presentaba ante el mundo. Sintió haber hablado. Gianni era la última persona por la que se imaginaría sentir empatía, pero la sentía. Le había resultado más cómodo verlo como una tórrida y sexy figura bidimensional. Cuando se hubiera ido, su lujuria igualmente bidimensional también se habría ido.

No había por qué preocuparse. Pronto se marcharía y ella regresaría a su tarea de alimentar a las cabras y...

¿qué? ¿Compadecerse? ¿No era eso lo que había pretendido? Sin embargo, en su cabeza surgió un sentimiento
de culpabilidad y, parpadeando, bajó la mirada. No había
pensado en Tam ni en Oliver durante toda la mañana.

–No es asunto mío.

–Cierto –contestó él con una frialdad que dolía.

–¿A qué hora tienes pensado marcharte? –por lo que
a ella respectaba ya era tarde.

–Ya te he dicho que no pienso hacer tal cosa.

–¡Pero obviamente no puedes quedarte aquí! –ella
se sintió estupefacta.

–¿No? –Gianni enarcó las cejas.

–No resultaría... apropiado.

–Qué deliciosamente victoriano por tu parte.

Miranda se negó a caer en la provocación.

–Yo siempre he tenido cierto talento por lo inapro-
piado –los ojos negros siguieron el contorno de los labios mientras se le ocurrían unas cuantas acciones ina-
propiadas.

Durante un instante casi fue capaz de saborear la dulzura y el fuego de su boca mientras hundía la lengua...
Apartó las imágenes que se formaban en su cabeza, pero
no antes de que un torrente de testosterona se hubiera
instalado en la entrepierna.

Dio, ¿qué le estaba pasando? Desde la adolescencia
no había vuelto a sentirse así.

–Bien por ti –contestó ella con frialdad–. Pero el caso
es que tienes que marcharte.

–¿Por qué?

«¿Acaso se mostraba deliberadamente obtuso?», se
preguntó ella mientras observaba a Gianni abrir la puerta
del patio y salir por ella.

–¡Liam, no abras la verja! –gritó a su hijo que intentaba acceder al prado donde había un estanque con patos.

–No hay sitio suficiente.

–¿Sitio suficiente? –Gianni se volvió y miró a Miranda con una mezcla de recelo y diversión–. La última vez que los conté había cinco dormitorios.

Diez dormitorios no bastarían para que ella se sintiera cómoda compartiendo la casa con ese hombre. Los ojos de Miranda se detuvieron en la dorada garganta, toda su piel era dorada, mientras fracasaba en su intento de desterrar las imágenes de su mente.

–Pues es una pena que no eligieras uno de ellos anoche –murmuró casi sin aliento mientras cerraba la nevera de un portazo y añadía con voz chillona–. Quiero decir... –se interrumpió. Quizás no era tan buena idea decir lo que pensaba. Ni siquiera estaba segura de pensarlo en serio–. Viniste a ver a tu... –era incapaz de nombrar el parentesco entre la joven y hermosísima Lucy y ese hombre de aspecto latino– a Lucy, y como no está aquí, no hay necesidad de que te quedes.

–En realidad de lo que no hay necesidad es de que te quedes tú –contraatacó él devolviendo su atención a Miranda tras echarle una ojeada al niño. El viento revolvió los brillantes cabellos negros y se los echó atrás con impaciencia–. Pero no te preocupes, yo lo arreglaré con Lucy.

–¿Arreglarlo? –Miranda sacudió la cabeza perpleja.

No lo comprendió hasta que vio a Gianni hundir la mano en el bolsillo.

–¿Te pagó por adelantado? –sacó la mano del bolsillo, vacía, entornando los ojos mientras intentaba recordar cuándo había visto por última vez la billetera.

–No quiero tu dinero y no voy a ir a ninguna parte –Miranda alzó la barbilla con una mezcla de irritación y desdén–. Me han pagado por hacer un trabajo y voy a hacerlo.

–Yo puedo cuidar de la propiedad de Lucy.

Al considerarlo, Gianni no pudo dejar de ver ventajas al hecho de que Lucy no estuviera. Para empezar, no tendría que explicarle la situación. Lucy nunca había ocultado su desaprobación hacia Sam, declarándose incapaz de comprender cómo podía una mujer rechazar a su hijo, una mujer que seguía arriesgando su vida en un trabajo que adoraba.

Gianni había intentado defender a Sam, señalando que Liam seguía manteniendo el contacto con ella, pero dejándole a él las tareas de la crianza. Pero a Lucy no le convencía.

–No estoy aquí de vacaciones. He venido a trabajar y no puedo marcharme.

–¿Te refieres a pasar el plumero por la casa y dar de comer a los animales?

La despectiva, aunque ajustada, descripción de su trabajo hizo que ella frunciera el ceño.

–Creo que podré ocuparme de eso.

Miranda se descubrió deseando poder aplastar ese perfecto rostro.

–Te ofrezco unas vacaciones pagadas –Gianni la miró fijamente–. ¿Quién rechazaría una oferta así?

Alguien que no quería volver a su casa a tiempo de asistir al regreso de los recién casados, para ver el brillo en los ojos de Oliver al mirar a su hermana.

–Es muy amable por tu parte, pero me pagan por hacer un trabajo y voy a hacerlo.

–Dejemos que decida Lucy. Creo que preferirá que se ocupe de esto un pariente.

–Lucy llamó ayer tras aterrizar en España. Estará en un sitio sin cobertura telefónica. Hasta la semana que viene no volverá a llamar –Miranda se interrumpió mientras una gallina irrumpía en la cocina y la echó dando palmadas... mucho más sencillo que echar a ese extraño–. No voy a irme –tragó con dificultad consciente de la nota de pánico que impregnaba su voz–. ¡No puedo!

Gianni enarcó las cejas. De modo que la pelirroja estaba huyendo... ¿de qué o quién? Seguramente de un desengaño amoroso. Casi siempre se trataba de eso.

–Pues supongo que eso significa que tendremos que compartir casa.

–No... no. Es imposible –Miranda lo miró horrorizada–. No puedes quedarte. ¿Por qué ibas a querer hacer tal cosa?

–¿Por el placer de disfrutar de tu encantadora compañía?

Miranda bufó despectivamente y cruzó los brazos sobre el pecho.

–El hecho es que mi agenda de trabajo no permite... No, no es cierto... Yo no he pasado suficiente tiempo con Liam –aquello sí era verdad–. Tiempo de calidad. Lo he intentado, pero no suficientemente –otra verdad.

Gianni abrió la puerta y reprimió una punzada de culpabilidad. No podía titubear. Cuando las circunstancias lo requerían, había que aprovechar la debilidad del contrincante y resultaba evidente que la debilidad de la pelirroja era su blandura.

–Míralo –hizo un gesto hacia el pequeño que jugaba con los perros–. Se lo está pasando como nunca. Podríamos regresar a Londres, desde luego, pero lo echaría de menos. Ambos –la observó con los ojos entornados mientras ella se debatía por dentro.

Miranda miró a Liam. La sinceridad de su padre la había conmovido.

–No es que me guste tu propuesta, pero...

Capítulo 5

EL LADRIDO de los perros en el patio interrumpió a Miranda en medio de la frase. Oyó cerrarse la puerta de un coche y una voz masculina que calmó a los perros de inmediato.

–¿Esperabas visita? –sintiendo la inminente victoria, Gianni se mostró irritado ante la inoportuna interrupción. Acababa de perder toda la ventaja conseguida.

Miranda sacudió la cabeza y se levantó de la silla en el preciso instante en que un hombre apoyaba una caja contra la puerta y se volvía hacia ellos.

–Siento llegar tarde. He tenido algunas entregas extra. He añadido algunos calabacines. Tenemos un montón. Y mamá te ha puesto zumo de saúco para que lo pruebes, y te da las gracias por tu consejo... el nuevo corte de pelo...

El joven se interrumpió sorprendido al ver a los extraños.

–Lo siento, no sabía que Lucy tuviera visita.

Su mirada viajó de Miranda a Gianni pasando por el niño que jugaba a sus pies antes de que ella pudiera aclararle la escena doméstica que podría inducir a error.

–Lucy no está –al final fue Gianni quien habló.

–¿En serio? –el joven no pareció captar el tono de impaciencia, pero Miranda sí.

–Sí.

Para un hombre de su labia, Gianni Fitzgerald podía ser muy parco en palabras.

–Quizás olvidó cancelar su pedido –sugirió Miranda.

–Lo más probable es que mi hermano se haya olvidado de decírmelo –el recién llegado sacudió la cabeza–. Está más interesado en los juegos de ordenador que en el negocio.

–¿Quieres dejar la caja sobre la mesa? Parece pesada –lo invitó ella a pasar.

–Gracias.

–Me llamo Miranda y le estoy cuidando la casa a Lucy.

–Yo soy Joe Chandler –joven, rubio y atractivo, Joe se limpió la mano contra el pantalón antes de ofrecérsela a Miranda que sonrió al estrechársela–. Lucy nos encarga siempre una caja de productos del huerto.

–Algo me dijo.

–Todo es ecológico.

Gianni observó la escena mientras el joven seleccionaba una zanahoria retorcida y se la ofrecía a Miranda para su inspección como si se tratara de la joya de la corona.

–Lucy no mencionó que se marchara y siempre pide una caja el lunes y otra el viernes.

–¿Y se cultivan aquí? –Miranda observó con interés la zanahoria cubierta de barro.

Si su interés era fingido, decidió Gianni, era una actriz extraordinaria.

–¿Cuánto cuesta cada caja?

Joe mencionó una cantidad bastante impresionante para unas cuantas verduras.

–Me quedaré lo habitual –contestó Miranda alegremente.

–Estupendo, pero, con la familia aquí, seguramente necesitarás más cantidad –insinuó él mientras dirigía una mirada a Gianni.

–Él no está conmigo. No somos... la caja habitual bastará, gracias –ella frunció el ceño–. ¿Cuánto dices que te debo?

–Yo lo pagaré –anunció Gianni poniéndose en pie.

Miranda le vio fruncir el ceño mientras empezaba a rebuscar en los bolsillos de la chaqueta colgada de la silla de la cocina. De repente, algo hizo clic en su mente.

¿Podría ser que no hubiera visto las señales como le había sucedido con su padre?

La experiencia había vuelto a Miranda más sensible a los detalles. No era la primera vez que le sorprendían ciertas contradicciones: Gianni llevaba ropas caras, pero conducía un coche decrépito, aunque, según Liam, había tenido un coche grande. Y de repente había perdido la cartera. Todo apuntaba a un reciente cambio de fortuna.

¿Pudiera ser que no tuviera otro lugar al que ir? Quizás, al igual que su padre, había perdido el trabajo, seguramente también la casa. No sería el primer hombre al que le resultaría difícil hablar de ello.

–No pasa nada –reaccionó Miranda impulsivamente–. Tengo aquí el dinero –añadió mientras sacaba los billetes de su monedero y se los entregaba a Joe antes de hacer algún comentario más de admiración sobre el contenido de la caja.

–¿Traigo la entrega habitual el lunes?

–Sí, por favor –ella acompañó a Joe al patio mientras hablaban del siguiente pedido.

Con la mente ocupada por el hombre que se había quedado dentro de la casa y su posible situación, tardó un poco en responder a la invitación del joven.

–¿Tomar algo en el pub?

–Sobre las ocho y media. He quedado con unos amigos. Puedo pasar a recogerte...

A punto de rechazar la invitación, Miranda pensó de repente, «¿y por qué no?».

–He estado pensando y creo que tienes razón –de regreso a la casa fue directa al grano–. Aquí hay sitio suficiente –se sirvió otra taza de café–. En realidad me haces un favor.

–¿En serio? –sorprendido por el repentino cambio, Gianni la miró perplejo.

–Sí... esto está muy aislado, y por las noches me sentiría inquieta aquí sola...

–Pues no me pareces muy nerviosa –seguro de haberse perdido algo, aunque no sabía qué, Gianni tapó la taza antes de que ella le sirviera azúcar.

–Pues lo soy –Miranda desvió la mirada–. ¿Quieres quedarte o no?

–Quiero quedarme –admitió él con el ceño fruncido.

–Perfecto. Seguro que nos las arreglaremos sin estorbarnos. La casa es muy grande –«¿a quién intentas convencer, Mirrie?»–. Tengo que dejarte. Voy a limpiar a los caballos.

Aquello era atrasar lo inevitable, pero Miranda pasó el resto de la mañana con los animales. Liam se unió a ella y le pidió que le dejara montar en burro, pero antes de que ella pudiera contestar, apareció su padre.

–Vamos, Liam.

–Puede quedarse conmigo –al que intentaba evitar era al padre. El niño era un encanto.

–No necesito una niñera –Gianni tomó a su hijo de la mano y la miró con frialdad.

Miranda lo observó alejarse, casi arrastrando al niño. ¿Qué le sucedía? Se había comportado como si ella hubiera estado a punto de secuestrar a su hijo.

Pues por lo que a ella respectaba, podía marcharse a... cualquier sitio donde ella no estuviera.

A la hora de comer regresó a la casa, pero únicamente para buscar las llaves del coche. Lucy había mencionado que había un mercado en el pueblo cercano y Miranda había pensado visitarlo, y la idea de escapar de la casa en esos momentos era un incentivo añadido.

En la casa no vio señal alguna de los huéspedes, aunque tampoco buscó mucho. Dejó una nota sobre la mesa de la cocina explicando adónde se dirigía.

El mercado hizo honor a la descripción de Lucy y Miranda pasó varias horas paseando agradablemente entre los coloridos puestos.

Eran casi las seis de la tarde cuando regresó, encontrándose los restos de una cena sobre la mesa de la cocina y voces que surgían del salón.

Dejó las bolsas, sacó de una de ellas los dulces que le había comprado a Liam y se dirigió al salón. Durante unos segundos permaneció inadvertida en la puerta, sintiendo un cosquilleo en el corazón al ver a Liam, con el pijama puesto, riendo a carcajadas mientras su padre lo perseguía por la habitación a cuatro patas fingiendo ser un toro.

–¡Ven a jugar, Mirrie, deja que papá te atrape! –exclamó Liam abrazándose a sus piernas.

–Ahora no, Liam –contestó Miranda mientras dirigía una mirada hacia Gianni que no parecía nada encantado de verla.

–Sube a tu cuarto, Liam. Es hora de acostarse –ordenó su padre.

–He pensado que le gustarían –Miranda le entregó la bolsa de dulces a Gianni–. Quizás sea más fácil que se acueste si...

–Estoy seguro de que tus conocimientos sobre el cuidado infantil son inigualables, pero conozco a Liam y no come dulces –Gianni empujó la bolsita hacia ella, rozándole el brazo.

El leve contacto produjo una sacudida eléctrica en Miranda que dio un respingo. Al dar un paso atrás tropezó con una taza de café que había en un mueble, parte de cuyo contenido cayó sobre su ropa.

Los negros ojos la miraban fijamente con un brillo

depredador que hizo que el estómago le diera un vuelco. Con gestos tan fríos como ardiente su mirada, Gianni abandonó la habitación sin decir palabra.

Para un observador casual, la escena habría resultado acogedoramente doméstica: una mujer fregando los platos de la cena mientras los perros jugaban a sus pies.

Lo que el observador casual no veía era el caos que reinaba en la cabeza de la mujer. El brazo aún le quemaba allí donde él lo había rozado. Con un estremecimiento, hundió las manos en el agua caliente.

—¡Abajo! —gritó, aunque ninguno de los perros obedeció.

Aquello no iba a funcionar, decidió mientras lamentaba haber cedido al impulso de acceder a compartir la casa.

Su instinto podría haberla engañado por completo y no encontrarse en absoluto ante un caso de beneficencia.

¿Habría cedido tan alegremente si, sobre una escala del uno al diez, ese hombre no hubiera puntuado con quince?

—¡No! —exclamó rechazando la idea mientras se sacudía las manos—. No soy tan superficial.

«Y sin embargo estoy hablando sola».

Ser consciente de que nunca había sido una persona influida o atraída por una cara bonita, hizo que se sintiera moderadamente mejor ante su motivación, pero no ante la situación.

Cerró los ojos y vio nuevamente la apreciación masculina brillando en la profunda negrura, y sintió que el estómago le dio un vuelco. «Me siento como una mujer, una mujer bonita».

¿Cuándo se había sentido así por última vez?

¿Conseguía Gianni que todas las mujeres se sintieran como si fueran la única mujer en el mundo? El hecho de que pareciera gustarle lo que veía al mirarla resultaba terapéutico para alguien cuyo ego había sufrido varios golpes últimamente.

El recuerdo del brillo hambriento y depredador que había visto en sus ojos hizo que se le erizara la piel. Con un destello de vergüenza fue consciente de que la excitaba un hombre que ni siquiera le gustaba.

Tampoco estaba segura de haber acertado en sus sospechas. Se había inventado una trágica historia basándose en ciertas evidencias. Y no sería la primera vez que su blandengue corazón, o su cabeza hueca, según su gemela, le había engañado.

Podría ser como aquella ocasión en que había abierto el bolso para darle unas monedas a ese pobre mendigo con su adorable perrito, siendo atracada por este, que había resultado no ser tal, y que encima había robado al perrito.

En la ocasión que le ocupaba no se trataba de un perro, sino de un adorable pequeñín. Al menos el niño no había sido robado. Consultó el reloj y frunció el ceño. «Está aquí y tendrás que acostumbrarte, Mirrie», se dijo a sí misma mientras doblaba el húmedo delantal. En una hora Joe pasaría a recogerla. Tenía la ropa mojada y sucia de café. Necesitaba cambiarse y trasladar sus cosas de habitación.

Sintiendo una gran reticencia a entrar de nuevo en el dormitorio en el que Gianni podría aparecer en cualquier momento, se mordisqueó el labio mientras se preguntaba si debería recoger sus cosas o esperar a que Liam estuviera dormido.

¿Cuánto tiempo estaría con su hijo?

Un ruido en el techo seguido del inconfundible sonido de carreras y risas infantiles, cubiertas por una voz más grave, le sugirió que aún tardaría bastante.

Intentó sentir algo de simpatía por el hombre que tenía serias dificultades para convencer a su hijo de que era la hora de irse a la cama. Aunque no solía alegrarse de las dificultades ajenas, Miranda sintió una pequeña, bueno, más bien grande, punzada de satisfacción.

Para cuando entró en el dormitorio en el que había dormido la noche anterior, las risas habían sido sustituidas por sollozos, tan altos e inconsolables que partían el corazón. La satisfacción que había sentido y que la avergonzaba, se tornó en admiración. No oía las palabras de Gianni, pero percibía la tranquilidad y consuelo en la voz grave.

Durante unos segundos escuchó el suave murmullo. No podía negar que ese hombre tenía una voz atractiva y se preguntó si alguna vez habría considerado ejercer como narrador. Con su capacidad para hacer que el comentario más inocente sonara como una proposición indecente, no le faltaría trabajo... «O a lo mejor es lo que me gustaría oír».

Tuvo una sensación de alarma y sacudió la cabeza vigorosamente. La mera idea de que deseara que un hombre como ese le hiciera una proposición era risible.

«Porque no tiene nada aparte de un bonito rostro, un cuerpo perfecto y toneladas de sex-appeal.

Emitió un pequeño suspiro de derrota. De acuerdo, no era totalmente inmune a sus encantos... cuando decidía mostrarse encantador, aunque no siempre lo hacía. Por lo demás podía resultar claramente odioso.

En su mente persistía la imagen del rostro bronceado. Miranda se acercó de puntillas al armario en una instintiva e innecesaria actitud furtiva ya que el ruido proveniente de la habitación contigua habría ahogado cualquiera que ella hubiera hecho.

Agarró lo primero que encontró colgado en el armario, que resultó ser la única falda que había llevado consigo. La arrojó sobre el arcón de pino y procedió a abrir el cajón, que chirrió molestamente, y del que sacó la blusa que estaba encima.

Una vez alcanzado ese objetivo, hizo una rápida incursión al cuarto de baño y, tras echar el cerrojo se cambió en un instante. Se quitó los vaqueros mojados y la camiseta y lo arrojó en el cesto de la ropa sucia. Le hubiera gustado ducharse, pero no se atrevió y, con un gesto de disgusto, se puso la ropa limpia.

La blusa de seda sin mangas y de color verde manzana contrastaba con el verde más oscuro de la falda larga.

De regreso al dormitorio, se apresuró a meter en la maleta todos los cosméticos que había sobre la coqueta antes de hacer lo mismo con sus pertenencias repartidas por los cajones. Consciente de que en la otra habitación reinaba la calma, no se molestó en descolgar la ropa de las perchas y, echando inquietas ojeadas hacia la puerta que conectaba ambas habitaciones, apiló todo sobre la maleta. Su instinto le urgía a salir de allí cuanto antes.

No tenía ni idea de por qué la necesidad de abandonar la habitación antes de que pudiera aparecer Gianni había adquirido tintes compulsivos, pero tampoco se lo planteó.

Fiel a la suerte que parecía tener ese día, Gianni apareció por la puerta en el instante en que metía a presión las últimas prendas en la maleta.

Sintió claramente los ojos negros fijos en la espalda, pero fingió no darse cuenta. Era fuerte. Sentía cosquillas en la piel y el aire de la habitación parecía haberse cargado del aura sexual que emanaba de él. Jamás había conocido a un hombre tan masculino.

Gianni, con la mente puesta en el brandy que Lucy guardaba para casos de emergencia, y ese día merecía sin duda el calificativo, se paró en seco al ver a Miranda.

Cerró la puerta con cuidado y respiró hondo sintiendo de nuevo la admiración por ese pálido y cremoso cuello de cisne. Le fascinaba la sedosa, casi opalescente, piel de Miranda. Estudió el perfil y consideró la extrema delicadeza de sus finos rasgos, casi élficos. La mandíbula firme y la barbilla respingona sugerían un carácter obstinado.

Inclinándose ligeramente, obtuvo una mejor visión de los delicados labios. Un hombre que acababa de pasar por lo que él había pasado, se merecía aquello. Apoyándose contra la puerta, se frotó los agarrotados músculos de la nuca.

La gente se fijaba a menudo en su ánimo y habilidad para conservar la calma en situaciones críticas. ¡Si pudieran verlo en ese momento!

Era capaz de trabajar treinta y seis horas seguidas en lo que muchas personas considerarían un ambiente estresante, pero nunca se había sentido tan agotado como en esos momentos, tras sesenta minutos intentando conseguir que se durmiera un niño de cuatro años, agotado y extremadamente caprichoso.

Echó un vistazo al reloj. ¡En realidad solo habían pasado treinta minutos!

Le había supuesto una desagradable sorpresa que no encajaba con la imagen que tenía de sí mismo de padre eficiente e informado. Seguía sin comprender por qué su, normalmente, adorable hijo, se había comportado de ese modo. En otras ocasiones en que le había leído un cuento para dormir, al menos tres días a la semana intentaba llegar a casa antes de que se durmiera, Liam, ya bañado y en pijama, se quedaba dormido antes de la tercera página.

Gianni sintió que su ánimo mejoraba instantáneamente al fijarse en la vaporosa falda que Miranda se había puesto, y en el modo en que se pegaba a las suaves aunque femeninas curvas del trasero y los muslos. Era evidente que había notado su presencia, pero lo estaba ignorando obcecadamente. El brillo burlón regresó a los negros ojos, mezclado con el destello depredador.

Capítulo 6

ESTÁS enfurruñada?

Ante la acusación, Miranda giró bruscamente la cabeza y sus cabellos le cubrieron el rostro. Gianni recordó esos cabellos extendidos sobre la almohada aquella mañana.

—Yo no me enfurruño —contestó ella con gélida indignación, aunque al fundirse sus miradas, la indignación desapareció.

Gianni parecía cansado. Sin embargo, el brillo de su mirada no era de cansancio sino de deseo... y Miranda sintió una punzada de lujuria que la dejó sin aliento.

Impresionada, y profundamente asustada, por la intensidad de su reacción, se giró de nuevo, permitiendo que los cabellos cubrieran su enrojecido rostro.

—Estoy ocupada —espetó mirándolo con desdén, pero evitando sus ojos.

Gianni, que estaba acostumbrado a que las mujeres se arrojaran en sus brazos, se sintió estupefacto. Una cosa era decidir a su pesar mantenerla alejada de él, y otra ser rechazado.

—Supongo que lo habrás oído —murmuró mientras señalaba hacia el otro dormitorio.

—Difícil no hacerlo —contestó Miranda mientras intentaba cerrar la maleta y al mismo tiempo ignorar el cosquilleo en la nuca y la sensibilidad en los pechos.

—No lo comprendo. Normalmente se apaga como una vela...

Gianni se centró en el balanceo de las caderas de Miranda. No podía describírsela como voluptuosa, pero era una de las mujeres más femeninas que hubiera conocido jamás.

Miranda ya no pudo morderse más la lengua y se irguió bruscamente.

–¿Revolcarse por el suelo y excitarlo forma parte de su rutina habitual para irse a la cama?

–¿Rutina para irse a la cama? –él frunció el ceño.

–Un rato de tranquilidad para que baje de revoluciones, beba leche, tome un baño caliente... –Miranda estaba dividida entre la diversión y la sorpresa por la expresión estupefacta de Gianni. Enarcó una ceja y lo miró fijamente.

El ceño fruncido de Gianni se relajó un poco, pero luego se intensificó al caer en la cuenta de que su estatus como padre modelo tenía más que ver con la ayuda experta que recibía que con su propio talento natural para la paternidad.

No solo contaba con una niñera a tiempo completo y una asistenta siempre dispuesta a echar una mano. La mayoría de los fines de semana, Liam se iba con su abuela paterna. La práctica había comenzado siendo Liam un bebé y la intención había sido que fuera temporal, pero al final se había convertido en una costumbre.

–Para cuando llego a casa, Clare suele haber hecho todo...

–¿Y Clare es tu novia? Lo siento... no es asunto mío.

–Eso nunca le ha impedido a ninguna mujer que yo conozca meter sus narices. Clare es la niñera de Liam. Lleva con nosotros desde que nació –de nuevo frunció el ceño–. Creo que la echa de menos.

No solo había perdido el coche, y seguramente la casa, también había tenido que despedir a la niñera...

—Creo que dominas lo esencial —si la paternidad se basaba en los sentimientos, tal y como pensaba ella, Gianni lo estaba haciendo muy bien—. Aprenderás lo demás. Supongo que todo esto resultará bastante nuevo para ti.

—¿Y por qué supones tal cosa? —Gianni reaccionó con expresión de sospecha.

—No hace falta fingir.

Él sacudió la cabeza, poco acostumbrado a recibir muestras de cálida y amable comprensión, e intentó evitar fijar la mirada en los pequeños, aunque perfectos, pechos que se marcaban bajo el top.

Supuso que la inhabitual falta de control se debía al cansancio del día.

La mañana, sin embargo, había empezado bien, recordó mientras una sonrisa se dibujaba en su rostro. Observó los rosados labios y no pudo evitar imaginar las lenguas de ambos enredadas, la humedad y el calor, el sabor. La lujuria atravesó limpiamente su cuerpo.

—No debería haber dicho nada —admitió Miranda.

—Estás bien —se oyó decir el hombre, famoso por sus encantos con el sexo opuesto.

¿Bien? ¿Acaso le había poseído una forma de vida alienígena?

—Muy... —sus ojos recorrieron las suaves curvas antes de tragar saliva y añadir— femenina.

—No hace falta que cambies de tema —Miranda veía claramente más allá.

—No sabía que lo estuviera haciendo —hacer el ridículo, sin embargo, era algo sobre lo que no le cabía la menor duda.

Con la mandíbula encajada consideró su comportamiento. Desde la adolescencia no había tenido que esforzarse por reflexionar de cintura para arriba, pero por algún motivo era incapaz de mirar a esa mujer sin imaginársela desnuda. Dado que se consideraba un hombre maduro y moderadamente inteligente, capaz de controlar sus apetitos, solo podía asumir que su fijación estaba relacionada con la manera en que se habían conocido.

—Lo comprendo. En serio —Miranda bajó la vista y lo miró a través de sus espesas pestañas—. Mi padre se quedó sin trabajo hace dos años.

—Lo siento —Gianni entornó los ojos sin acabar de entender qué tenía que ver aquello. Por su mente se cruzó la posibilidad de que ella estuviera pidiéndole un trabajo para su padre, pero desechó la idea enseguida. A no ser que ella supiera quién era él...

—Se sentía tan avergonzado que no se lo contó a nadie —su rostro se volvió sombrío—. Era como si su autoestima dependiera de ese trabajo. Al perderlo, perdió su identidad...

Sin saber muy bien qué responder, y preguntándose por el mensaje oculto que debía existir, Gianni asintió con un gruñido.

—No teníamos ni idea. Cada mañana se levantaba, se ponía su traje, se despedía de mi madre con un beso y se marchaba, o eso creíamos, a trabajar.

—¿Y adónde iba? —Gianni sintió cierta simpatía por ese hombre al que no conocía.

—A la biblioteca. Por supuesto para él era distinto. Se acercaba a la edad de jubilación y el problema no era tanto la pérdida de ingresos como la sensación de que le habían arrojado al montón de los desechos. Supongo que cuando te sucede a una edad más joven —añadió mientras lo miraba fijamente—, y cuando se está acostumbrado a disfrutar de la vida, debe ser difícil... reajustarse. Pero nunca hay que avergonzarse por estar en paro. Debes recordar que es solo temporal y que a los niños no les importa el coche que conduzcas, lo que les importa es el amor y la atención que reciben.

A Gianni le llevó unos segundos comprender que la charla moralista iba dirigida a él. Su incredulidad se transformó en irritación y, casi de inmediato, en diversión.

Al fin acababa de comprender por qué había accedido repentinamente a que se quedara. Lo había convertido en su particular obra de caridad.

—Al principio cometerás errores, pero debes fijarte en todo lo que haces bien.

—¿Estoy haciendo algo bien? —lo correcto, pero no lo más conveniente, sería aclararlo todo.

—No perdiste los nervios cuando tu hijo empezó a dar guerra. Muchos lo habrían hecho.

—¿Qué estás haciendo? —preguntó él al verla apoyar una rodilla sobre la maleta.

Quizás, reflexionó, la pregunta debería dirigírsela a sí mismo.

¿Qué estaba haciendo él?

Su libido era saludable, pero no recordaba la última vez que había sufrido una reacción física tan fuerte ante una mujer. No buscaba un alma gemela, suponiendo que tal cosa existiera, en la cama, ni la clase de desafío que supondría alguien como Miranda.

Gianni reservaba sus energías para las disputas en las salas de reuniones. En la cama prefería algo que requiriera menos esfuerzo emocional. De todos modos era una cuestión puramente académica. Miranda conocía a Liam y eso la colocaba fuera de los límites. Después del incidente con Laura iba a asegurarse de que su hijo no tuviera ningún contacto con sus amantes. La cuestión era si tan malo sería saltarse la norma... temporalmente.

No se le había ocurrido pensar en el impacto emocional que una novia pudiera tener sobre su hijo. Aún se encontraba en fase de acomodación a su papel de padre soltero y a su nuevo trabajo como editor político de un periódico y lo último que necesitaba era una novia exigente, pero no podía por menos que admitir que no estaba hecho para la vida monacal. En algunas ocasiones se había preguntado, no obstante, si sus breves romances no habían tenido menos que ver con su satisfacción sexual y más con demostrarse a sí mismo que había superado lo de Sam.

En ningún momento de la placentera aventura con Laura había sentido la loca necesidad de declararle amor eterno. Claro que tampoco habían comenzado la relación tras ser salvado por un casco que había recibido la bala dirigida a él.

Durante la euforia que siguió al coqueteo con la muerte, había decidido que la vida era malditamente corta. ¿Para qué perder el tiempo con formalidades y un cortejo apropiado cuando era evidente que Sam y él estaban hechos el uno para el otro? Era inevitable.

De modo que, botella de champán en ristre, un gran golpe en la frente y la bala en el bolsillo del chaleco, se declaró a la mujer de la que estaba convencido era su alma gemela.

La confesión de Sam de que no estaba buscando una relación, mucho menos matrimonio, aunque el sexo hubiera sido estupendo, no había sido intencionadamente cruel aunque Gianni, que por primera vez en su vida creía estar enamorado, había tenido la sensación de que le habían sacudido una patada en su lugar más sensible.

Tras experimentarlo una vez, solo un idiota correría el riesgo de sufrir nuevamente esa clase de dolor y humillación. De manera que, en lugar de buscar el amor, había invitado a Laura a su cama, disfrutando ambos de un agradable interludio.

Había sido perfecto. Cuando estaban juntos, disfrutaban del sexo y cuando no lo estaban, ni siquiera pensaba en ella. El final llegó meses después cuando Laura había empezado a salir con un colega suyo de la firma de abogados en la que trabajaba, pero no le provocó ni rastro de amargura. No se había sentido ofendido cuando Laura había confesado que echaría de menos a Liam y no a él. Y solo cuando resultó evidente que Liam echaba de menos a la guapa mujer que había entrado en su vida para luego abandonarla, fue consciente de lo egoísta que había sido.

La solución le había parecido obvia: en el futuro mantendría a su hijo apartado de sus amantes. A algunas mujeres no les gustaban esos límites, pero para él ninguna era indispensable, aunque la pelirroja era muy deseable, admitió dirigiendo la mirada desde el redondo trasero a los pequeños y deliciosos pechos.

En su cabeza se formó una imagen de Miranda tumbada en la cama a su lado. Sentía el cálido aroma de su cuerpo, la suave y sedosa piel. Y su resolución empezó a tambalearse. La reclusión en esa casa sería menos penosa si pudiera olvidar los problemas de su vida en sus brazos.

Miranda se volvió y lo pilló mirándola con masculina apreciación. Sin previo aviso, una explosión de calor la inundó dejándola de piedra como una criatura bajo los focos.

Sus miradas se fundieron en el espeso silencio. Hasta la brisa que entraba por la ventana había dejado de soplar. Hacía calor en aquella habitación y le costaba respirar.

Nunca se había imaginado ser la fantasía erótica de ningún hombre y siempre se había dicho a sí misma que prefería ser apreciada por su personalidad e inteligencia. Quizás iba a tener que reconsiderar ese aspecto, decidió con el cuerpo vibrante de consciencia sexual.

–¿Y qué parece que estoy haciendo? Traslado mis

cosas a otra habitación –de repente, el granero le parecía una opción bastante atractiva.

–No puedo echarte de tu dormitorio, *cara* –protestó Gianni.

–Lo lógico es que sea yo quien se vaya –el apelativo cariñoso hizo que se le pusiera el vello de punta–. Debes permanecer cerca de Liam –y no soportaría que Gianni se pasara toda la noche entrando en su dormitorio para llegar al de su hijo.

Gianni se encogió de hombros admitiendo la lógica del razonamiento.

–Además, me gustaría tener un poco de intimidad. Ya es bastante malo compartir la casa contigo como para compartir... –se interrumpió sintiéndose sonrojar– todo.

–No te preocupes –Gianni enarcó una ceja–. La próxima vez esperaré a ser invitado.

El sugerente comentario hizo que el estómago de Miranda diera un vuelco. Lo miró a los ojos, sorprendida de poder aparentar tanta calma cuando el corazón le latía alocadamente.

–Pues vas a tener que esperar mucho tiempo.

–¿Es un desafío? –Gianni desvió la mirada deliberadamente hacia los deliciosos labios.

–Es un hecho –ella alzó la barbilla.

–Hay cosas por las que merece la pena esperar –Gianni repitió la conocida máxima mientras se preguntaba en qué se había equivocado. Todo en la vida le resultaba sencillo, salvo ser padre, mantener una buena relación con la madre de su hijo, compaginar el trabajo con la vida familiar... En realidad, lo único que le resultaba sencillo era el sexo.

Los ojos negros permanecieron fijos en la suave boca. No estaría mal recordarse a sí mismo que lo último que necesitaba era practicar sexo con una pelirroja que lo había tomado por una causa de beneficencia, básicamente un sin techo y sin trabajo.

Miranda dedicó una mirada de frustración al dorado perfil. Ese hombre no reconocería un rechazo aunque le mordiera en la cara.

–Por mí no –espetó sin pensárselo dos veces.

–Permite que sea yo quien lo juzgue –«lo malo, Gianni, es que nunca te lo permitirá. Te acuestas con mujeres que huyen ante los primeros signos de ruina económica».

–Cierto –contestó ella antes de interrumpirse al darse cuenta con horror que había estado a punto de explicarle que no era de naturaleza apasionada. Le sorprendía que un hombre claramente experimentado con las mujeres no se hubiera dado cuenta de inmediato.

Incluso Oliver, que estaba a años luz de ser un mujeriego, se había dado cuenta. Aunque quizás el problema estuviera en lo que no mostraba. Oliver y ella habían hablado casi a diario durante dos años, y de repente había aparecido Tam con la misma cara y un cuerpo muy parecido y Oliver había perdido la cabeza.

Miranda suspiró con tristeza mientras reflexionaba sobre el misterio de la atracción sexual. Fuera lo que fuera, se trataba de algo más que el físico. Claro que algunas personas tenían las dos cosas. Miró de reojo el rostro de Gianni Fitzgerald que poseía el físico y algo más.

–Yo no te voy a permitir nada –exclamó ella antes de echar una ojeada a la puerta que comunicaba con el dormitorio del niño y bajar la voz–. Escucha, sé que no puedes evitar flirtear con todo lo que se mueva, pero estoy aquí para trabajar, no para alimentar tu ego o ser un sustituto de... de... la televisión.

–Te aseguro que jamás te he considerado de ese modo –Gianni soltó una carcajada–. ¿No temes herir mi ya dañado y frágil ego con un rechazo? –sin esperar respuesta, se inclinó hacia la maleta–. Podría haberte ayudado a descolgar todo esto de las perchas. Ya sabes lo que dicen: «vísteme despacio que tengo prisa». ¿Te echo una mano?

Miranda se sentía incómoda ante el reguero de sudor que le bajaba por la espalda.

–Lo tengo todo controlado –la afirmación era mentira en muchos más aspectos de los que le hubiera gustado, intentó suavizar el tono–. Pero gracias.

Si iba a pasar un tiempo aún si determinar bajo el mismo techo que ese provocador, tendría que hacer algo con la sensación que le producía cuando estaba cerca.

Debía relajarse.

Lo cual era más sencillo de decir que de hacer a juzgar por la tensión que sentía solo con pensar en los ojos negros que seguían fijos en ella y que en un instante pasaban de fríos y altivos a sugerentes y burlones. Cerró los ojos para recuperar la compostura y sacudió la cabeza, irritada consigo misma por perder el tiempo y la energía en intentar analizar cómo le hacía sentir.

Para empezar, era una persona irritante y no le gustaba. También era sexy y salvajemente atractivo, ¡y cómo lo sabía él mismo!

Para que su experiencia resultara lo menos dolorosa posible, debía calmarse. No tenía ningún sentido mostrarse abiertamente hostil, sobre todo dado que le daba la impresión de que a Gianni le gustaba enfadarla.

–Me siento mal por obligarte a cambiar de habitación.

–No me estás obligando a nada –espetó ella, volcando toda su ira en la cremallera de la maleta que se movió ligeramente antes de que la presión hiciera que los dientes saltaran y su ropa saliera disparada sobre la cama.

Miranda masculló un juramento.

–No me gustaría que Liam añadiera esa palabra a su vocabulario.

–Lo siento –Miranda se sintió avergonzada por la reprimenda–. Normalmente no...

Gianni la observó con una sonrisa mientras Miranda intentaba, sin éxito, recoger toda la ropa. Era una persona agradable de observar, decidió. Sus movimientos tenían algo felino.

–¿Qué estás mirando?

–A ti. ¡Déjame ayudar!

–Sírvete –contestó ella al fin mientras agitaba una mano en el aire.

Se quedó quieta mirando cómo Gianni agarraba las prendas aún colgadas de las perchas, las sacudía un poco y se las colgaba a ella del brazo.

–¿Podrás con esto?

–Sí.

Subió las escaleras sintiendo cómo le pisaba los talones. Al llegar al dormitorio hizo una pausa y abrió la puerta.

–Esta habitación es encantadora –y sobre todo le separaba una planta de él.

–Es un armario –objetó Gianni entrando en el pequeño dormitorio que pareció encogerse con su presencia, no solo por su tamaño físico sino por su poderosa masculinidad.

Miranda lo observó disimuladamente, sintiendo aumentar el calor en su interior.

Pillada devorándolo con los ojos, sintió que su rostro enrojecía varios tonos.

Gianni enarcó una ceja y le dedicó una sonrisa torcida, pecaminosamente atractiva. Los ojos brillaban con algo que no tenía nada que ver con la diversión.

–¿Qué pasa? –espetó ella en tono beligerante.

–Esta cama es como una piedra.

–Me gusta el colchón firme –Miranda pestañeó.

–Siento curiosidad: ¿si yo digo negro, tú dirás blanco?

Ella puso los ojos en blanco.

–Y ya que estamos practicando la psicología in-
versa...

–No estamos practicando nada. No dices más que
tonterías.

–Si yo te digo que no me beses. ¿Me besarás?

Capítulo 7

MIRANDA miró furiosa a Gianni y abrió la boca para explicarle que ni en sus mejores sueños. Sin embargo, se descubrió a sí misma poniéndose de puntillas, agarrándole de la camisa y fundiendo los labios con los suyos.

Durante unos segundos, Gianni no reaccionó, pero en cuanto sintió que ella se apartaba, la besó con pasión moviendo los labios con sensual precisión.

Miranda aún temblaba cuando al fin él la apartó antes de dar un paso atrás. «Parece temer que vuelva a saltar sobre él», pensó mientras reprimía una carcajada histérica.

–No sé por qué he hecho eso –estaba tan avergonzada que apenas podía mirarlo a la cara.

–Esto es muy incómodo –él sí la miró, también avergonzado–. No estoy acostumbrado a...

No estaba acostumbrado a que su hijo y la mujer con la que deseaba acostarse estuvieran bajo el mismo techo. Fijó la mirada en los deliciosos labios que acababa de besar y tragó con dificultad, incapaz de controlar la respuesta de su cuerpo.

–Mantengo a Liam apartado de mi vida personal. Sin excepciones. Es una... una...

–¿Regla?

A los Fitzgerald, al parecer, les gustaban las reglas. Pero ni siquiera Lucy con sus interminables listas de reglas se había atrevido a regular la vida sexual de Miranda.

–Más o menos. Liam es la única persona fija en mi vida –las mujeres iban y venían.

La advertencia no había sido precisamente sutil. «No te confundas», pensó Miranda, consciente de que Gianni le había estado enviando ese mensaje durante todo el día.

–¿Entonces no vamos a casarnos? –preguntó con expresión de desolación y gesto mimoso.

–¿Estás enfadada? –él sonrió.

–¡Madre mía! –ella abrió los ojos desmesuradamente en fingida admiración–. ¡Eres adivino!

–Escucha, no te lo tomes como algo personal. En otras circunstancias, yo... –la miró fijamente a los ojos y Miranda sintió que le faltaba el aire–. Eres una mujer atractiva.

–Y tú no eres tan irresistible como te crees ser.

–Me besaste –espetó Gianni.

–Haces que el sexo casual parezca una especie de penitencia para esconder tu incapacidad para establecer una relación, del tipo que sea, con una mujer.

Él la miró fijamente sin decir nada.

–Tengo una amiga que desperdició ocho años de su vida con alguien que se negaba a comprometerse. Él no tenía ningún hijo para culparle de sus inseguridades. La engañaba, ella lo abandonaba, él regresaba arrastrándose y así hasta que ella al fin despertó.

No había logrado engañarlo con el cuento de la amiga con un novio que la engañaba. Nadie se mostraba tan emotivo por un amigo. Hablaba de ella misma.

–Perdona, pero Joe llegará enseguida –Miranda abrió la puerta del dormitorio.

–¿Qué Joe?

–Joe Chandler.

–¿Se supone que ese nombre debería decirme algo?

–Es el hombre de las verduras. Lo conociste esta mañana. Me invitó a tomar una copa —quería demostrarle a Gianni que no todos eran tan picajosos como para resistirse a ella.

Gianni se hizo a un lado y la vio salir por la puerta antes de darse media vuelta. Se negaba a reconocer la emoción que latía en su interior. Él no era celoso.

—¿Y aceptaste su invitación?

—No es asunto tuyo, pero sí, lo hice.

—¿Te parece juicioso? —Gianni la miró con un destello de ira.

—¿Juicioso? —repitió ella estupefacta. «Lo que no fue juicioso fue besarte. ¿En qué demonios estabas pensando, Mirrie?»—. Me apetecía hacer una locura.

—¿Y salir con un completo extraño?

—Tú también lo eres, ¿qué intentas decirme? Joe es un hombre muy amable. Por no mencionar —añadió con una pequeña sonrisa—, que es bastante atractivo.

—¿Te has vestido para él? —Gianni encajó la mandíbula con fuerza. «¿Y para quién creías que se iba a vestir?», preguntó una vocecilla burlona en su cabeza.

—Sí —contestó ella en tono de desafío.

—Sé que hay quien aconseja que, si te caes del caballo, te vuelvas a subir de inmediato, pero, a veces es mejor dejar que se curen las heridas.

—Lo gracioso de las analogías —murmuró Miranda cada vez más enfadada—, es que solo funcionan si la persona con quien hablas tiene alguna idea sobre de qué le estás hablando.

—Es obvio que acabas de salir de una relación desgraciada.

—Antes de que sigas —ella lo miró estupefacta. La arrogancia de ese hombre era increíble—, debo advertirte que no acepto consejos sobre mi vida amorosa de un extraño.

—Pues entonces vete de cena.

—No voy a cenar, solo a tomar una copa. Y resulta que estoy en mi sano juicio.

Miranda no dudó en rechazar el taxi que le ofreció Joe tras admitir haber bebido demasiado para ponerse al volante del coche. La casa estaba a menos de dos kilómetros.

El paseo por caminos iluminados por la luz de la luna, resultó de lo más relajante.

La paz se redujo un poco al divisar la cabaña. Con suerte, Gianni ya estaría durmiendo. No le apetecía volver a discutir con ese hombre y arruinar la tranquila velada.

Todo estaba a oscuras, y eso era bueno. Entró despacio por la puerta trasera y susurró un saludo a los perros que golpearon el suelo de la cocina con los rabos.

Tras descalzarse, se dirigió al pasillo. Estaba a medio camino cuando la puerta del frigorífico se abrió iluminando con su luz la cocina y al hombre que estaba delante.

Miranda soltó un grito y se quedó clavada en el sitio mientras contemplaba a ese hombre. Gianni llevaba puesto únicamente un calzoncillo.

Por Dios santo, ¿qué tenía ese hombre en contra de la ropa?

—¿Te parecen horas para volver?

¿No se suponía que eso te lo tenían que decir tus padres o algún amante celoso?

—Muy divertido —Miranda jadeaba, y no solo del susto.

No había ni un gramo de grasa o piel sobrante que matizaran la perfección del estómago plano o el masculino torso y los fornidos hombros. Las piernas eran largas y los perfectos muslos estaban cubiertos de vello.

No era de extrañar que fuera arrogante. Era guapísimo y tenía que saberlo por fuerza.

—*Dio*, qué mujer más nerviosa —Gianni oía perfectamente la agitada respiración de la joven—. Dicen que suele provocarlo una mala conciencia. ¿Qué has estado haciendo, *cara*?

La maliciosa insinuación hizo que Miranda lo mirara furiosa con el rostro enrojecido.

—¿Qué demonios hacías acechando en la oscuridad? ¡Por poco me da un infarto!

—¿Quién, yo? —Gianni adoptó una actitud de fingida inocencia—. Solo he bajado por un vaso de leche —concluyó mientras se llevaba el cartón a los labios.

Ella le observó tragarse la mitad del envase y luego limpiarse la boca con el dorso de la mano antes de devolver el cartón al frigorífico.

—Eso es una asquerosidad. ¿No has oído hablar de los vasos?

—Parece que has vuelto un poco... irritada —él enarcó las cejas—. ¿Tu chico campestre no estuvo a la... altura?

—He pasado una velada deliciosa, gracias —Miranda entornó los ojos—, hasta que te he visto.

—O sea que no estuvo a la altura.

—Buenas noches —masculló ella entre dientes.

—En serio, no me parece bien dejar a una dama con ese aspecto de... insatisfacción.

—Te aseguro que me siento totalmente satisfecha —contestó ella a punto de marcharse.

—Pues me alegra oírlo —él enarcó las cejas ante el entusiasmo de la respuesta—. ¿Amorcito no entra... ni siquiera te acompaña hasta la puerta? —frunció el ceño—. No he oído el coche...

—¿Estabas escuchando? Para que lo sepas, he vuelto andando.

–Qué toque más romántico, te acompañó dando un paseo bajo las estrellas.

–Qué sarcástico eres –Miranda apretó los dientes para no proferir el insulto que luchaba por salir de su boca–. Vine andando sola.

–¿Dejó que regresaras sola a pie? –la expresión burlona en el rostro de Gianni desapareció de golpe mientras cerraba los ojos y soltaba un juramento en su idioma materno.

–¡Hay menos de dos kilómetros! –protestó ella, sorprendida por el cambio de actitud.

–Casi dos kilómetros por unos caminos aislados sin iluminación. Un motorista ni siquiera te habría visto con eso –Gianni señaló el abrigo negro que llevaba.

–No había tráfico –volvió a protestar Miranda.

–Y tú ya sabías que no lo habría, ¿verdad? –él enarcó una ceja.

–No, pero... –la ira de Gianni le parecía inexplicable a Miranda, pero sin duda era sincera.

–Y por supuesto sabías que no habría ninguna pandilla de gamberros, o borrachos o drogados que se lo pasarían en grande con una chica sola, ¡y con tu aspecto! Eso por no hablar de maníacos asesinos...

–Únicamente me crucé con un gato –Miranda pestañeó–. Estamos en el campo.

–¿Y en el campo solo suceden cosas agradables?

–No, pero...

–No seas cría, Miranda. No debería haberte permitido regresar sola a pie –la ira de Gianni se disipó al recorrer con la mirada las deliciosas curvas. La lujuria que la reemplazó resultó igual de difícil de controlar.

–No tengo miedo de la oscuridad, pero vas a conseguir asustarme en serio.

–¿Yo? –Gianni percibió la alteración de la joven–. No era mi intención asustarte.

–Claro, solo que viera al hombre del saco en cada sombra. Admito que debería haberme puesto ropa de color claro, pero no tenía pensado regresar a pie hasta que Joe...

–¿Se emborrachó? –Gianni sacudió la cabeza y apretó los puños–. ¡Fracasado!

–Es un hombre muy agradable –Miranda se sintió obligada a defender a Joe.

–Un hombre que no sabe beber ni tratar a una mujer –espetó él sin saber con quién estaba más enfadado: consigo mismo por sentirse celoso o con Miranda por ser la responsable de que se sintiera así. *Dio*, ¿qué le estaba haciendo esa mujer?

–¿Y tú sí sabes? –el desdén de la joven se perdió al fundirse sus miradas.

La tensión se disparó en la estancia, junto con el pulso de Miranda.

–Pruébame, *cara* –Gianni arrastró las palabras–. Hasta ahora ninguna se ha quejado.

–Paso –Miranda pretendía hablar con frialdad, pero fracasó estrepitosamente–. No practico el sexo casual con narcisistas que se pasan la vida admirándose ante el espejo.

–Yo no soy el que mira, Miranda, eres tú, y tengo la impresión de que te gusta lo que ves.

–¡Eres asqueroso! –exclamó ella con voz ahogada.

–Puedo serlo –admitió él con una sonrisa maliciosa–. Si te gusta así...

–¡Lo que no me gusta eres tú! –Miranda tenía los nervios en tensión–. ¿Qué haces? –la voz se redujo a un susurro de temor al ver cómo el depredador avanzaba hacia ella. Saber lo que iba a suceder debería haberla asqueado, pero lo que sintió fue una profunda excitación en el estómago mientras él se acercaba.

La puerta de la nevera se cerró sola sumiendo la cocina

en la oscuridad salvo por la escasa luz que proporcionaba la luna.

–Menos mal que no te da miedo la oscuridad, *cara* –la voz de Gianni sonó profunda y oscura, pecaminosamente sugerente–. Así podrás cuidarme.

–Preferiría cuidar a una serpiente –contestó ella con temblorosa determinación.

La risa de Gianni resonó fuerte y cercana. Y al acostumbrarse a la oscuridad, vio su silueta. Estaba muy cerca y le bastaría con extender una mano para tocarlo.

Escandalizada por lo mucho que le apetecía hacerlo, Miranda escondió las manos a la espalda y sacudió la cabeza perpleja. Jamás se había sentido tan asustada o excitada.

–Déjame cuidarte, Miranda. Espantaré al hombre del saco.

–El hombre del saco eres tú.

Miranda oyó una suave risa antes de sentir una mano sobre la mejilla. Dio un respingo, pero no se apartó mientras él deslizaba la mano por su rostro, deteniéndose en la boca.

Le estaba ofreciendo sexo.

Más estremecedor que eso era saber que se sentía tentada a aceptar. ¿Qué mal podría hacerles? El lenguaje corporal de Miranda era inequívoco: deseaba lo que él le ofrecía.

¿Por qué fingir que el hecho de que llevara «macho alfa», escrito en la frente no la excitaba? No buscaba una pareja para toda la vida. Lo que le apetecía era sexo.

Había vivido durante años como una monja, reservándose para Oliver y ahí tenía a un hombre que le ofrecía lo que necesitaba, sin ataduras.

Quizás no recibiría amor, pero eso no significaba que no pudiera obtener placer. Y si Gianni era la mitad de bueno de lo que él mismo creía ser, sería difícil encontrar a alguien más cualificado para dárselo.

–¿Y qué pasa con tus reglas?

–Las reglas están hechas para incumplirse.

–No me acuesto con extraños –afirmó ella, más para sí misma que para él.

–Entonces dime que me vaya y me iré.

El silencio se hizo interminable mientras Miranda intentaba pensar. Y entonces se rindió.

–No... no puedo –admitió con voz ronca–. No quiero que te marches.

Gianni estaba tan cerca que sentía su cálido aliento. Respiró el masculino y almizclado aroma del ardiente cuerpo. Tan cerca que le hacía jadear. ¡Estaba jadeando!

¿Qué le pasaba?

«No lo sé ni me importa, pero sí sé que voy a disfrutar», pensó.

–Entonces me quedo.

Gianni agachó la cabeza y encontró los labios de Miranda en la oscuridad. Suaves y temblorosos. Sin necesidad de persuasión, se abrieron y, con un gemido, él intensificó el beso. Las lenguas se encontraron en un movimiento instintivamente sensual.

Gianni la atrajo con fuerza hacia sí sintiendo el cuerpo de Miranda suave y complaciente. Deslizó una mano bajo el top y encontró el erecto y duro pezón.

Miranda dio un respingo y se estremeció al sentir la caricia del pulgar sobre el tenso botón.

–¿Te gusta? –le susurró Gianni al oído.

–Sí, no pares... –ella le tocó la piel, ardiente y húmeda.

–No me pararé –él hundió los dedos entre sus cabellos y le obligó a levantar el rostro–. No podría parar. Por su sangre corría una fiebre desconocida para él.

–Tienes una piel deliciosa –admiró ella con voz ronca–. ¡Deliciosa!

Gianni le besó la garganta, obligándola a apartarse

ligeramente. Con torpeza, empezó a tirar de los botones de la blusa, ansioso por dejar su cuerpo al descubierto.

Ella intentó ayudarlo y sus dedos se rozaron. Él murmuró palabras de apremio contra sus labios mientras intentaba besarla con hiriente intensidad.

En un instante, la blusa fue lanzada por los aires, seguida del sujetador. Miranda no esperó para apretarse contra él, poniéndose de puntillas para apoyar una mano en su nuca y gritando al sentir la fuerte erección contra la pelvis.

Aún seguían besándose cuando él la tomó en brazos y la sacó de la cocina.

No la llevó a la habitación contigua a la de Liam sino a la que había trasladado ella sus cosas. Sin dejar de besarla, entró de espaldas en la diminuta habitación.

Miranda había dejado la ventana abierta y las cortinas descorridas y la luz de la luna lo inundaba todo junto con el aroma llevado por la brisa nocturna.

Él la tumbó sobre la cama. La visión del corpulento hombre arrodillado sobre ella hizo que se le acelerara el pulso de deseo.

Los negros ojos la recorrieron de pies a cabeza emitiendo un destello de fuego. Antes de que sus miradas se fundieran. Miranda respiraba agitadamente mientras él le aflojaba el cinturón de la falda. Después bajó la cremallera y se inclinó para besarla justo por encima del ombligo antes de deslizar la falda por sus caderas.

Seguida de las braguitas de seda.

Los ojos de Gianni no habían abandonado los suyos ni por un instante. Pero sí lo hicieron para recorrer admirativamente el femenino y desnudo cuerpo, emitiendo un gruñido de placer que hizo que ella se quedara sin aliento.

Miranda cerró los ojos. Era incapaz de prever el siguiente movimiento de su cuerpo.

Al abrirlos descubrió que Gianni se había quitado el calzoncillo y de inmediato se quedó sin aliento sintiendo una descarga de ardiente humedad entre los muslos.

–Si sigues mirándome así, *cara*, esto va a terminar antes de empezar.

–Lo... siento.

–No hace falta que te disculpes –Gianni no se movía, pero hasta esa quietud tenía una cualidad explosiva.

Miranda se estremeció y soltó un grito cuando él tomó uno de sus pechos en la mano antes de agacharse y deslizar la lengua sobre la sensible piel acercándose al ardiente pezón que al fin introdujo en su boca.

La lengua empezó a descender en una sensual exploración. Miranda dio un brinco al sentir el contacto de sus dedos entre los muslos y separó las piernas para permitirle acariciar el núcleo más íntimo. Tras la primera impresión, empezó a moverse rítmicamente con él, girando las caderas al ritmo de las caricias mientras el placer aumentaba.

Pero cuando él se apartó sin previo aviso, emitió una exclamación de protesta.

–Aguanta, *cara*.

–¿Qué haces?

–Necesitamos protección. Prometo estar de vuelta antes de que puedas decir...

–Te deseo –concluyó ella la frase.

Gianni batió todos los récords posibles en su carrera de ida y vuelta. Sentado en la cama, sacó el preservativo, parándose cuando ella tomó el erecto miembro entre sus manos.

La caricia estuvo a punto de dar al traste con el poco control que le quedaba y se arrodilló entre los suaves muslos mientras se colocaba el preservativo con una mano. Le besó la garganta y ascendió hasta los dulces labios mientras Miranda lo guiaba hacia su interior.

La exclamación de Gianni fue aún más fuerte que la de ella.

—Relájate, *cara*, lo haremos despacio y dulcemente —sentenció con voz ronca—. ¿Preparada?

—Por favor —susurró ella aferrándose a los anchos hombros.

Gianni empezó a moverse mientras la miraba a los ojos, luchando por mantener el control. El húmedo calor de Miranda lo envolvía, lo engullía más y más profundamente.

—Eres... ¡Oh, Gianni, qué bien lo haces... muy, muy bien! ¿Lo sabías? —ella no podía creerse que tanto placer fuera posible.

Apenas sin aliento, Miranda se movió con él, con cada músculo del cuerpo tenso y suplicando ser liberado, hasta que creyó estar a punto de perder el conocimiento. Y entonces se produjo la liberación. Oleadas de intenso placer que recorrían todo su cuerpo.

Capítulo 8

ME GUSTARÍA repetirlo –proclamó Miranda sin aliento mientras aún estaba encima de ella. –Me enorgullezco de la rapidez con que me recupero –Gianni soltó una carcajada antes de echarse a un lado–, pero hay que darle al hombre un segundo para recuperar el aliento.

Respirando agitadamente y mientras el sudor se secaba sobre su piel, ella empezó a reír.

–Es la primera vez que provoco esta reacción –murmuró Gianni. Por suerte su ego era lo bastante sólido como para no correr peligro, de lo contrario se habría preocupado. Deslizó la mirada por el cuerpo de Miranda. Su suave piel brillaba bajo la fina capa de sudor y sus pequeños pechos aún tenían la marca de sus caricias. Y resultó que no estaba tan cansado.

–Nunca pensé que alguien pudiera ser tan maravilloso –Miranda suspiró–, nunca pensé que pudiera sentirme... tan bien. Has estado increíble. Gracias.

–No hay de qué –los ojos de Gianni brillaban divertidos–. Te aseguro que fue un placer.

–¿Estás enfadado?

Él la miró fijamente.

–Porque no te mencioné... –ella se encogió de hombros–. Ya sabes...

Gianni desvió a regañadientes la mirada de los pequeños pechos. Esa mujer lo fascinaba. Tenía un cuerpo increíble, suave y flexible. Como un gato.

–¿Mencionar que eras virgen? No, no estoy enfadado. Sorprendido sí, pero no enfadado. Por mucho que lo neguemos, todos los hombres tenemos la fantasía de ser el primero...

–¿En serio? –ella se tumbó de lado y lo miró a los ojos.

–En serio –Gianni sonrió perezosamente y le acarició la curva del trasero.

–Pues entonces solo me queda encontrar al hombre cuya fantasía sea ser el último.

–Miranda, ¿por qué he sido yo el primero? ¿Quieres contármelo?

–En el colegio yo siempre era muy seria –a Miranda le gustó que le dejara la elección de hablar o no–, más interesada en libros que en chicos. Digamos que tardé en desarrollarme. Y cuando al fin me enamoré, lo hice de alguien que no sabía que yo existía. Y mientras esperaba a que Oliver se fijara en mí, él... se enamoró de otra persona.

–¿Sigues enamorada de ese... Oliver? –aunque siguiera enamorada de ese tipo, estaba en la cama con él. Era perfecto: sexo sin ataduras–. Pero no lo bastante como para luchar por él...

–No puedes obligar a nadie a amarte, sobre todo si acaba de casarse con... –ella se interrumpió a punto de revelar que hablaba de su gemela–. Era mi jefe. No soportaba verlos...

–¿Felices?

–Me alegro de que Oliver sea feliz –ella sacudió la cabeza, escandalizada ante la sugerencia–. Se lo merece. Es un hombre maravilloso, pero decidí que había esperado demasiado tiempo y que era hora de hacer algo. Obviamente, esto no era lo que tenía planeado, pero me alegro. Mucho.

Miranda sonrió y Gianni sintió que el corazón se le encogía.

–Siempre pensé que el sexo por placer era... de mal gusto. Que no estaría a gusto con alguien por quien no sintiera nada. Pero me equivoqué –Miranda suspiró y apoyó una mano en el estómago–. Ha sido perfecto. Estamos aquí y eso era lo que querías, ¿no?

Alzó la cabeza y lo miró fijamente.

–¿No? –preguntó de nuevo al percibir una extraña expresión en el rostro de Gianni–. No voy a ponerme pesada ni a enamorarme de ti, si es lo que te preocupa. En general ni siquiera me gustas.

–Sí lo deseaba –contestó él al fin tras una pausa.

–¿Lo dices en pasado?

–Lo deseo. ¿Siempre eres tan brutalmente honesta?

–No, solo contigo –no era momento de pensar en ello. Gianni la besaba nuevamente.

A la mañana siguiente, Miranda se despertó sola. Los brazos que la habían acunado hasta caer en un profundo sueño no estaban. Gianni se había marchado sin despertarla.

Sorprendida y un poco alarmada por lo mucho que deseaba tenerle a su lado, alargó una mano y acarició la huella que había dejado su cuerpo sobre el colchón.

El estómago le dio un vuelco y saltó de la cama. Con expresión pensativa se puso la bata y anudó el cinturón. ¿Qué iba a suceder a continuación?

Fuera cual fuera la respuesta, jamás se arrepentiría de la noche anterior. ¿Cómo podría?

¿Habría sido igual con Oliver?

¿Habría estado Oliver a la altura de un amante salvaje y apasionado? No era fácil imaginárselo haciendo algo apasionado o salvaje. Además, Gianni había sido más que apasionado. Por momentos había sido dolorosamente tierno e intuitivo.

Sintió una punzada de vergüenza. No se podía comparar la noche anterior con lo que había sentido, con lo que sentía, por Oliver. La noche anterior solo había sido sexo, no el profundo respeto y admiración que sentía por Oliver.

«Sí, claro, Mirrie, pero ¿acaso el respeto es igual de agradable que el dulce y dorado momento en que lo sentiste moverse y...?». Miranda sacudió la cabeza. «Solo sexo, Mirrie. No lo conviertas en algo que no es. Limítate a disfrutar, en caso de que haya más».

En caso contrario... Intentó encogerse de hombros, pero ni siquiera fue capaz de fingir que le parecía bien la idea de no pasar al menos una noche más en la cama con Gianni.

Se duchó y vistió rápidamente antes de bajar a la cocina. Estaba vacía, aunque había señales de una reciente ocupación: platos sucios en la mesa y una sartén en el fregadero.

Se acercó a la cafetera y, tras comprobar que estaba caliente, se sirvió una taza. Mientras estiraba los rígidos músculos que no había utilizado hasta la noche anterior, la puerta de la cocina se abrió y apareció una mano que sujetaba un manojo de zanahorias atado con un lazo. Joe estaba detrás con expresión de perro apaleado.

—Un presente para disculparme por ser un borracho inútil. Menudo idiota.

Miranda aceptó las zanahorias, pero rechazó con una sonrisa la invitación para cenar.

—¿La fastidié?

—En absoluto. Es que estoy muy ocupada aquí y... —bajó la mirada mientras se encogía de hombros—. No es por ti. Es... —se interrumpió mientras su rostro enrojecía visiblemente.

–Está bien, no hace falta que lo expliques –Joe se encogió de hombros–. En cuanto os vi supe que había algo entre vosotros dos.

–¡Pero si acabábamos de conocernos! –protestó Miranda.

Miranda estaba llenando el lavavajillas cuando apareció Gianni con Liam y los ruidosos perros. Tras la marcha de Joe, había reflexionado sobre sus comentarios llegando a la conclusión de que necesitaba relajarse. Había descubierto el sexo, no se había enamorado.

Sabía bien lo que era el amor, y lo que sentía por Oliver no tenía nada que ver con las turbulentas emociones que Gianni despertaba en ella. La mayor parte del tiempo no lo soportaba. Amaba a Oliver, pero Gianni solo era un hombre atractivo y amante perfecto.

Al verlo el corazón casi se le paró en seco. Los oscuros cabellos estaban revueltos por el viento y tenía un aspecto tan vibrante y masculino que solo con verlo sus hormonas se dispararon. No tenía ni idea de lo que le sucedía, pero no tenía ningún control sobre ello.

–Has vuelto –observó mientras se llevaba una mano al palpitante cuello.

–Suéltala, Liam –ordenó Gianni a su hijo que se había abrazado a las finas piernas de Miranda. Comprendía el instinto de su hijo. La idea de pegarse a ella era irresistible.

–¿Puedo jugar fuera?

–Sí, puedes, pero no persigas a las gallinas –gritó su padre antes de volverse hacia Miranda.

La voz quedó reducida a un seductor murmullo mientras se acercaba a ella.

–No quise despertarte. Pensé que te vendría bien

dormir —le sujetó la barbilla con un dedo y le obligó a levantar la cabeza mirándola con una mezcla de diversión y satisfacción—. Te estás sonrojando.

—¿Te sorprende? —Miranda le dedicó una mirada llena de reproches. Esa tórrida mirada podría ser delito en muchos países—. Tengo menos experiencia que tú en estas cosas.

—Pero te estás poniendo rápidamente al día —él soltó una carcajada.

Ella aún no podía creerse las cosas que le había dicho en la oscuridad de la noche, ni lo que él le había respondido.

—¿Qué... es eso? —Gianni interrumpió en seco la carcajada.

—Ah, eso —Miranda siguió su mirada hasta el ramo de zanahorias—. Joe me las trajo hace un rato. Qué encanto, ¿verdad?

—¿Ha estado aquí?

—Pues evidentemente —ella lo miró confusa ante la hostilidad que reflejaba su voz.

La mandíbula de Gianni se tensó mientras una oleada de ira lo inundó. Respiró hondo y hundió las manos en los bolsillos. De su pecho surgió un rugido de descontento.

—¿Acabas de rugir? ¿Qué demonios sucede?

—¿Ese tipo nunca ha oído hablar de las flores? —exclamó, sorprendido de que lo preguntara.

—Bueno, las flores no se pueden comer —señaló Miranda—. Y la intención es lo que cuenta.

—No me gustan las zanahorias —«¿desde cuándo?», se burló él.

—Pues entonces me las comeré yo sola.

—¿Y has aceptado un regalo de ese tipo después de cómo te trató anoche?

—¡Un regalo! —ella enarcó las cejas—. Gianni, ¿un

manojo de zanahorias? –la actitud beligerante que mostraba le seguía confundiendo–. Además se ha disculpado. ¿Qué te pasa? Te comportas como si... –se interrumpió y lo miró con ojos desorbitados–. Estás... estás celoso de Joe.

Los músculos de la mandíbula de Gianni se contrajeron mientras bajaba la mirada para ocultar aquello que se sentía incapaz de controlar. Las acusaciones vertidas por Miranda no eran ciertas aunque quizás fuera posible que hubiera perdido en parte la perspectiva. Era frustrante que no hubiera visto en ese tipo lo que él solo había necesitado un segundo para descubrir. Bajo la fachada de chico majo, Joe era un lobo con piel de cordero.

–Yo no soy celoso.

Soltó una carcajada y Miranda se sintió como una estúpida por decir algo tan ridículo.

–Aunque supongo que eres consciente de que su único interés es acostarse contigo...

–¿Y en qué se diferencia de ti? –Miranda se puso tensa ante la crudeza de la afirmación.

–¿Me estás comparando con un baboso que calza sandalias y se baña en cerveza?

–Sería un error –Miranda rechinó los dientes–, porque Joe es mucho más agradable.

–Oliver es agradable, Joe es agradable –Gianni soltó un bufido–. Mirrie, ¿por qué no es agradable Gianni que se metió en tu cama? ¿No será que sientes debilidad por los tipos que no resultan ser tan amables? –enarcó las cejas con ironía–. ¿Un poco brusco, quizás? –Miranda se puso pálida y los labios empezaron a temblarle. La experiencia le había enseñado que estaba a punto de echarse a llorar y a comportarse de manera irracional.

–¡Vete al infierno, Gianni! ¡Cerdo arrogante y pagado de sí mismo!

En su urgencia por irse antes de empezar a sollozar,

salió corriendo de la cocina, no sin antes echar una última ojeada a su espalda. Gianni la miraba con gesto airado.

Tras llorar a gusto un rato, Miranda se lavó la cara, regresó a la cocina y pasó el resto de la tarde preparando una sopa de zanahoria y cilantro, y un pastel de zanahoria.

Gianni la evitaba y, cuando sus pasos se cruzaban, la ignoraba. Miranda le correspondía saliendo de cualquier estancia en la que él entrara, demostrando con ello que podía hacer gala de un comportamiento tan infantil como el suyo.

Fue Liam, escogido para hacer de puente, quien reanudó las comunicaciones.

—Papá me va a llevar a cenar pescado con patatas fritas. Quieres saber si te apetece venir.

—Dile a papá... —Miranda se interrumpió al ver la alta figura junto a la puerta.

—Hay un sitio muy famoso a unos dieciocho kilómetros. Cada vez que venimos aquí, hacemos una visita. Es una especie de tradición.

—Gracias —ella inclinó la cabeza—, pero no tengo hambre.

—¿Lo dejamos para otro día? —Gianni se encogió de hombros.

Cuando se hubieron marchado, Miranda se atracó a pastel de zanahoria hasta que no pudo más y luego se fue a la cama, aunque apenas eran las nueve de la noche. No llevaba más que unos pocos minutos cuando alguien golpeó la puerta con los nudillos.

Cualquier suposición de que Gianni, enfermo de lujuria se hubiera sentido incapaz de mantenerse alejado de ella y acudiera en busca de su perdón se esfumó al ver su rostro.

Estaba extremadamente pálido y el mensaje que transmitían sus gestos era de ansiedad.

—Antes de que me mandes al infierno, no he venido por mí. Es Liam.

—¿Qué le sucede a Liam?

—Ni siquiera llegamos al restaurante. Empezó a ponerse muy caliente y a llorar... creo que debería llamar a una ambulancia.

Miranda ya estaba fuera de la cama. El que Gianni le hubiera pedido ayuda en relación a Liam indicaba lo preocupado que estaba.

—¿Le has puesto el termómetro?

—¡Eso debía ser lo primero! —Gianni sacudió la cabeza—. ¿Cómo no se me ha ocurrido?

Miranda consultó el termómetro y anunció que Liam tenía fiebre, aunque no demasiada.

—Ahora que le hemos quitado la ropa, creo que estará más cómodo. Antes de que te duermas, Liam —alzó la voz—. ¿Por qué no te tomas un traguito de zumo y una cucharada de esta medicina que puso Clare en tu equipaje? Eso es, buen chico.

El niño solo llevaba puestos los calzoncillos y la camiseta y estaba medio adormilado con las mejillas sonrosadas, pero tomó un par de sorbos del zumo.

—¿No crees que sea nada grave? —Gianni la miraba preocupado.

—Con los niños es difícil saberlo, y no soy una experta, pero creo que por ahora bastará con darle líquido y vigilar la fiebre sin tener que llamar a la ambulancia. Tú decides.

—Me pasé.

—Solo actuaste como un padre —ella sonrió.

—Gracias, Miranda. En cuanto a lo de antes...

—Los dos dijimos un montón de cosas —ella sacudió la cabeza.

–Entonces, quizás podríamos...

–Me encantaría –interrumpió Miranda con el corazón acelerado.

Gianni asintió mirándola a los ojos con una expresión que hizo que ella se sintiera derretir.

–Pero me temo que esta noche no –miró a su hijo con preocupación.

El niño dormía profundamente y su padre arrojó una almohada sobre el sofá.

–Por supuesto –Miranda asintió–. Si necesitas algo... –se interrumpió sonrojándose.

–Si necesito algo, serás la primera en saberlo, *cara* –murmuró él.

A las dos y media de la madrugada, Miranda entró en el cuarto del niño llevando una taza de té. Liam dormía tranquilo y Gianni estaba tumbado en el sofá con los ojos cerrados.

Durante un buen rato ella se limitó a mirarlo absorta y con el corazón galopando en el pecho. De repente lo comprendió: corría el riesgo de enamorarse de él. El descubrimiento le provocó una profunda sensación de horror.

–No lo haré. No puedo –murmuró sin aliento.

Gianni abrió los ojos y Miranda, sobresaltada, estuvo a punto de dejar caer la taza.

–¿Qué has dicho?

–Me preguntaba si te apetecía una taza de té.

–No, gracias. ¿Has dormido algo?

–Un poco –mintió ella mientras dejaba la taza sobre un mueble–. Parece estar mucho mejor.

–Pero sí me vendría bien un poco de compañía –Gianni asintió y alargó una mano.

Tras una fracción de segundo, ella se dejó arrastrar sin resistirse y se sentó en el sofá.

–¿Estás cómoda? –susurró él con voz gutural al oído de Miranda.

–Sí –respondió ella, sobrecogida por la intimidad y la cercanía física. Gianni estaba caliente y era fuerte y masculino. Cerró los ojos y apoyó la cabeza sobre su hombro.

–Relájate, *cara* –Gianni le acarició los cabellos y le besó los párpados–. Duérmete.

–No puedo –treinta segundos más tarde estaba completamente dormida.

Escuchando su respiración, él fue consciente de repente de que nunca había compartido la cama, ni nada equivalente, con una mujer sin que hubiera habido sexo por medio.

Se encogió de hombros. Una noche abrazado a una mujer no significaba que se hubiera convertido en algo más que sexo. Pero la mentira no surgió con la facilidad de siempre.

Capítulo 9

GIANNI contempló su reflejo en la ventana y se sobresaltó.

Dio, hacía más de una semana que no se ponía corbata.

Una suave risa resonó en su garganta al imaginarse la cara de sus empleados en las oficinas Fitzgerald si instaurara un día para vestir de manera informal. Su estilo de dirección ya había levantado ampollas entre la vieja guardia al hacerse cargo del puesto.

Cuando al fin habían comprobado que ese estilo, más informal, y las nuevas iniciativas que había implementado, por no hablar de los autores de éxito a los que había atraído, no disminuía la eficacia ni, sobre todo, las ganancias, habían empezado a mirarle con mejores ojos. Sin embargo, llevar vaqueros en la oficina sería ir demasiado lejos.

¿Y por qué no estaba en la oficina en ese momento?

Sacudió la cabeza y se recriminó burlonamente. «Como si no lo supieras, Gianni».

En la vida real no podría despertarse con los brazos llenos de la dulce y cálida Miranda.

Era la quintaesencia de la feminidad.

Encajó la mandíbula. Había identificado la debilidad que le había hecho quedarse allí demasiado tiempo. Por estupendo que fuera el sexo, y lo era, en su vida real no había lugar para una mujer como Miranda Easton.

Gianni se recordó por qué su situación solo podía

durar un corto periodo de tiempo. En el mundo perfecto, donde no había permitido a sus hormonas gobernar sobre su mente, jamás habría llegado a suceder. Tenía muchos asuntos que eran prioritarios.

Miranda ocupaba demasiado espacio en su mente. Él necesitaba una mujer a la que pudiera olvidar en cuanto abandonara la habitación, y esa mujer no era ella.

No solo se le había metido en la cabeza en el poco tiempo que hacía que se conocían, le había hecho darse cuenta del vacío que sentía en su interior, del que había sido maravillosamente ignorante hasta entonces.

Podría haber seguido viviendo sin saberlo y estaba seguro de poder llenar ese vacío, en cuanto regresara a la realidad, con cosas que no alteraran su delicado equilibrio vital.

La cuestión era que Miranda no le pedía nada, pero él sabía que necesitaba más y, peor aún, le hacía desear darle más... Gianni, siempre consciente de proporcionar a su hijo el amor y cuidados de dos progenitores, se dijo que ya no le quedaba más para repartir.

Ya era bastante difícil pasar tiempo suficiente con Liam y atender a las exigencias de su trabajo en la agencia de publicidad en un momento de grandes cambios. Estaba haciendo malabarismos con muchas pelotas a la vez y no podía añadir ninguna más.

¿Por qué no se había marchado al resolverse la situación que lo había llevado allí? ¿Era parte del atractivo el hecho de que esa mujer era algo que no se podía permitir?

Hizo una pausa y en su mente se formó una imagen de Miranda. La delicada piel enrojecida por la pasión, los seductores ojos color esmeralda de mirada turbia y los carnosos labios fruncidos. Así la había visto aquella mañana mientras la tenía debajo, envolviéndolo con sus finos brazos y piernas y suplicándole con un ronco susurro que la tomara haciéndole perder el control. Un control que no le sobraba con ella cerca.

Tenía que marcharse. Había sido un agradable descanso, pero nada más. Había llegado la hora de ponerle fin. Solo había que elegir el momento adecuado.

Miranda seguía en la cocina, allí donde él la había dejado. Todo lo demás había cambiado. Gianni lo supo antes de que ella se volviera para mirarlo.

Lo supo sin ver lo que estaba escrito en la hoja de periódico arrugada que había sido alisada junto al ramo de flores para el que había servido de envoltorio aquella mañana.

Había bromeado porque ella había dejado un billete en la caja del puesto al faltarle unos céntimos para poder pagar con monedas, y ella le había hablado sobre la honestidad, haciendo que se sintiera incómodo por no haber admitido aún que su situación financiera no era la que le había permitido creer.

Nunca había tenido la necesidad de confesarle a una mujer su condición de rico y poderoso. Siendo un hombre al que la mayoría consideraría experimentado con el sexo opuesto, con Miranda se sentía a menudo como si estuviera empezando de cero.

Cerró la puerta y ella se volvió lentamente.

Gianni emitió un prolongado suspiro de resignación mientras le mostraba la noticia con mano temblorosa. La expresión de los ojos verdes era un millón de veces más condenatoria que el titular sensacionalista.

Había esperado el momento adecuado y ese momento llevaba marcada la etiqueta de fin. Podía marcharse sin preocuparse por sus sentimientos, porque ella lo odiaba.

Tomó la hoja de periódico y, formando una bola con

ella, la arrojó al suelo sin siquiera mirarla. Sabía lo que ponía.

—Te lo puedo explicar —aunque estuviera a punto de marcharse, debía explicárselo.

—No me cabe la menor duda —Miranda sonrió con amargura—. Siempre tienes una buena excusa, ¿no es así? Y yo, bueno, me lo trago todo, ¿verdad?

—Estás muy pálida —Gianni la miró con gesto preocupado—. Siéntate y deja que yo...

Parecía estar preocupado. Todo en él era mentira, y era imbécil si pensaba que ella iba a creerse todo eso de que había secuestrado a su hijo.

No estaba enfadada por descubrir que fuera rico. No estaba asqueada porque creyera las mentiras escritas en el periódico. Estaba furiosa porque le había ocultado el secreto para mantenerla alejada de él.

¿Qué le había dicho el día anterior cuando ella lo había sorprendido con gesto sombrío y le había preguntado qué le sucedía? «Te quiero en mi cama, no en mi cabeza, *cara*».

Debería salir corriendo. ¿Por qué no lo había hecho antes? Antes de enamorarse de él.

—Sabía que estaba sucediendo y lo permití.

—Bastardo. ¡No me toques! —Miranda se sujetó la cabeza con las manos.

Gianni estaba pálido. Una vena azul palpitaba en la sien y los músculos del cuello destacaban tensos. Dio un paso atrás con una mano extendida.

—Cálmate.

—Estoy calmada. ¡Totalmente calmada! —aulló ella mientras señalaba con un dedo tembloroso la bola de papel en el suelo—. Me dejaste creer que no tenías dinero y resulta que eres un Fitzgerald...

—Trabajas para una Fitzgerald y yo nunca te oculté mi apellido.

–Pero no mencionaste que fueras uno de esos Fitzgerald –la mitad de los libros de mayor éxito publicados lo habían sido por la empresa que él dirigía.

Incluso se había disfrazado. Nada podría haberle hecho parecer menos un director ejecutivo que esos vaqueros y la camisa desabotonada que revelaba el bronceado y musculoso torso...

El artículo dejaba claro que el hombre sobre el que escribía no había nacido con una cuchara de plata bajo la lengua, sino con toda la cubertería.

–¡Basta!

Miranda no respondió a la voz autoritaria, pero sí sucumbió a la presión de las manos sobre sus hombros. Respirando con dificultad y con las rodillas temblorosas, se dejó caer en la silla que él le ofrecía.

Gianni la giró hasta colocarla de frente. Después la sujetó por los hombros y se inclinó sobre ella. Miranda lo miró a los ojos, furiosa y asqueada hasta sentir náuseas.

–Ya has dicho lo que pensabas, ahora me toca a mí –habló él con voz cortante y poca emoción, aunque el brillo de los negros ojos delataba que no estaba tan tranquilo como parecía–. Es verdad que soy uno de esos Fitzgerald, como dices, lo cual me convierte al parecer en un monstruo.

Miranda soltó un bufido de incredulidad. Ese tipo tenía el morro de aparentar estar enfadado. Alzó la barbilla y lo miró con expresión furiosa.

–Adelante –lo invitó–. Me vendría bien escuchar algo gracioso –añadió con amargura.

–La historia se ha acabado. Nunca existió tal historia –Gianni inclinó la cabeza–. No he secuestrado a mi hijo. Poseo la custodia legal y sé lo que pone en el artículo.

–¿Toda esa basura? –ella chasqueó los dedos.

–¿No te lo has creído? –Gianni parecía perplejo.

–No suelo creerme todo lo que leo.

–Algunas cosas son ciertas.

–Sigue...

Gianni asintió y balanceó el cuerpo sobre los talones mientras se mantenía agachado.

–Yo era el editor político del *Herald*. Puedes comprobarlo, es un dato oficial –continuó con amargura–. También es un dato oficial que publiqué una gran exclusiva sobre un periódico sensacionalista y un alto funcionario. Para abreviar, te diré que algunas personas fueron a la cárcel por esa historia y otras, incluyendo el tipo que había publicado todas esas mentiras, perdieron su empleo.

Los negros ojos reflejaban desprecio. Aún pensaba que Rod James había salido demasiado bien parado, pero el periodista, un caso clásico de alguien que se niega a asumir sus responsabilidades, tenía otra opinión. Desde entonces había dirigido una cruzada personal contra Gianni, al que tenía por responsable de su caída en desgracia. En varias ocasiones, sus ansias de venganza lo habían acercado peligrosamente a la difamación y en aquella ocasión había traspasado claramente los límites.

–¿Eras editor de un periódico? –Miranda creía recordar vagamente el incidente.

Él asintió.

–¿Eras periodista? –la curiosidad de la joven por ese hombre aumentó a su pesar.

–Era corresponsal en el extranjero en una agencia de noticias, primero en Europa y luego en Oriente Medio. Poco después de trasladarme a Oriente, se produjo una gran noticia. Eso fue cuando Sam llegó. Ella ya era toda una leyenda.

–Sam Maguire es la madre de Liam.

En la mente de Miranda se formó la imagen de una

atractiva rubia de labios carnosos, siempre maquillados de rojo, y siempre elegante, fueran cuales fueran las circunstancias, incluso cuando llevaba puesto un chaleco antibalas.

Era la clase de mujer que desafiaba todo estereotipo. La clase de mujer que hacía que otras mujeres, como Miranda, se sintieran inadecuadas sin remedio.

—Sí la leyenda en vivo. Me sentí bastante impresionado cuando la conocí en carne y hueso.

Miranda observó los deliciosos labios de Gianni curvarse en una sonrisa y sintió una punzada de celos, tan aguda que tuvo que disimular una exclamación fingiendo toser.

—Tuvimos una aventura —con el tiempo había comprendido que Sam había estado en lo cierto al afirmar que lo suyo había sido divertido, pero nada serio ni permanente.

De no haber sido por Liam, seguramente se habrían distanciado por completo. La sensación romántica había desaparecido hacía tiempo, pero no así el dolor y la decisión de no volver a comprometerse con nadie. Sam siempre formaría parte de su vida, gracias a Liam. El enamoramiento había pasado y también la ira que había seguido al ser abandonado, literalmente, con el bebé en brazos.

Con el paso de los años había llegado a aceptar la decisión de Sam, aunque sin entenderla por completo. Jamás lo lograría, ni lo iba a intentar.

—¿Estuvisteis mucho tiempo juntos? —preguntó ella, no porque le interesara saberlo sino para rellenar el incómodo silencio.

—No mucho. Una semana después hubo un levantamiento armado... una situación con rehenes. No volví a verla hasta meses más tarde. Yo estaba de regreso en Londres y ella me llamó.

Gianni se interrumpió y su mirada se oscureció al revivir los recuerdos. Apenas había reconocido a la mujer que había aparecido ante su puerta aquel día.

—Era estupenda, intrépida hasta que... —él se encogió de hombros y la miró a los ojos—. La única vez que la vi asustada fue cuando supo que estaba embarazada.

Al oír la profunda admiración que se desprendía de sus palabras, Miranda no pudo evitar pensar que Gianni seguía enamorado de ella. El dolor que había sentido al ver juntos a Tam y a Oliver no había sido nada comparado con lo que experimentaba en ese momento.

—Cuando al fin se calmó, lo hablamos. Jamás hubo ninguna posibilidad de no tenerlo, ella lo tenía claro —insistió él—. Estaba dispuesta a tener el bebé, pero nada más. No quería ser madre.

Lo primero que él había publicado como periodista había sido un mordaz artículo sobre padres que no se responsabilizaban de su paternidad. La sociedad era mucho más tolerante con ellos que con una madre que se comportara de manera similar, y él había hecho lo mismo cuando Sam le había intentado hacer comprender su punto de vista.

—Admito que pensé que, tras el nacimiento de Liam, cambiaría de idea, pero no lo hizo.

—¿Y...? —Miranda sacudió la cabeza y lo miró a los ojos.

—Y ella... —contestó Gianni tras unos segundos de silencio. Estaba dando más explicaciones de lo que tenía por costumbre— mantienen el contacto. Sam no es una extraña para Liam. Él sabe que es su madre y Sam se implica... —tanto como estaba dispuesta a hacerlo, tal y como le había ofrecido él— hasta cierto punto. Pero es que a Sam los niños más mayores le resultan más llevaderos que los bebés.

—¿Y te parece bien? —Miranda sentía cierta curiosidad por el inusual acuerdo.

–¿Por qué no iba a parecérmelo? –Gianni se encogió de hombros sin que su expresión revelara ninguna emoción.

«Bueno», pensó Miranda, «te deja a ti todo el trabajo duro mientras que ella aparece cuando le apetece, cual hada madrina...».

–Soy el que toma las decisiones prácticas en el día a día. Ambos acordamos hacerlo así. Soy el que está con él, o al menos lo está la niñera o mi madre –en su rostro apareció una sonrisa torcida–. Tal y como has apuntado, mis habilidades para la paternidad no son brillantes. El problema es que Sam se ha enamorado y está pensando en casarse.

–¿En serio? –Miranda se sintió desolada. Si Gianni seguía sintiendo algo por esa mujer, aquello solo supondría más problemas.

–Según ella –él asintió e hizo una mueca de desprecio–. «Es él».

Miranda se inclinó hacia delante y apoyó la barbilla en las manos mientras escudriñaba el rostro de Gianni en un intento de averiguar la verdad tras la máscara de ironía.

–Pero tú no lo crees –no le hacía falta ser adivina para saberlo.

–Se conocen solo desde hace seis semanas –le informó Gianni sacudiendo la cabeza–. ¡Seis semanas! La gente tarda más tiempo en elegir un coche nuevo–. ¿Crees que en seis semanas puedes enamorarte y saber que quieres pasar el resto de tu vida con él?

«Con seis día basta», pensó Miranda mientras se encogía de hombros con fingida indiferencia y recordaba que le había dicho lo mismo a Tam al anunciarle esta que se había enamorado de Oliver tras su primera cita.

Tam había soltado una carcajada y admitido que llevaba enamorada de él desde el instante en que lo había conocido.

–¿Recuerdas el día que te llevó a casa porque tu coche estaba estropeado? Se bajó del coche para abrirte la puerta. Fue tan anticuado y dulce y... pensé que vosotros dos... Bueno, ni te imaginas lo que me alegré cuando dijiste que no era más que tu jefe. Celosa de mi propia hermana, ¿te lo puedes imaginar?

De algún modo, Miranda había logrado unirse a la carcajada de Tam.

–Por supuesto que no lo crees –Gianni asintió malinterpretando el silencio de Miranda–, porque eres una mujer práctica.

Miranda era la práctica. Tam, la artista, un espíritu libre. No era la primera vez que la describían así, pero nunca antes le había dolido tanto.

–Sam lo era, bueno supongo que está...

–¿Enamorada? –lo interrumpió ella incapaz de ocultar su irritación mientras recordaba la afirmación de su madre al ver la foto de sus gemelas: «Fue amor a primera vista».

Pobre Liam, le faltaba la protección del amor materno. Eso explicaba por qué Gianni se mostraba tan protector. Lo miró de reojo y vio más allá de la perfecta estructura ósea. Vio la fuerza de su carácter.

En la garganta se le formó un nudo de la emoción. No solo se mostraba Gianni decidido a que a su hijo no se le privara de nada sino que no estaba dispuesto a que el niño escuchara comentarios despectivos sobre su madre ausente, al menos no los oiría de Gianni.

–Está hablando de casarse, o sea que supongo que sí.

–Aún no entiendo lo del artículo. ¿Cómo...?

–Su novio –a Gianni le resultaba extraño aplicar ese calificativo a un hombre de sesenta años. Por el bien de Liam deseaba que todo saliera bien. Si la vida de Sam se desmoronaba, solo Dios sabía cómo afectaría a la frágil relación que mantenía con su hijo– vio una foto de Liam y preguntó quién era, de modo que ella le explicó que era su hijo.

Miranda se preguntó qué habría sucedido si ese hombre no hubiera preguntado ¿Cómo podía una mujer no estar orgullosa de su hijo? «Si fuera mío, querría que todos lo supieran».

–¿Y no fue una buena idea explicárselo?

–Podría haberlo sido si él no hubiera concluido precipitadamente que yo le había obligado a entregarme la custodia, privándola así de su hijo –lo cuál planteaba la cuestión de hasta qué punto conocía ese tipo a Sam, la última persona que podría ser descrita como víctima.

Miranda asintió. Era más o menos lo que había insinuado el artículo del periódico.

–Pero ella... la madre de Liam, debió explicárselo –razonó sin comprender aún cómo había visto la luz esa historia, dañina y al parecer incierta.

–Pues no.

–No lo entiendo...

–No se lo explicó –espetó Gianni–. Me dijo que estaba esperando el momento adecuado –a pesar del tono humorístico, no se había sentido precisamente contento cuando Sam lo había llamado para avisarle sobe el artículo. Podía cuidar de sí mismo, pero tener a un montón de fotógrafos acampados ante la puerta de su casa, apuntando a Liam con sus objetivos, le ponía enfermo. Su primer impulso había sido el de preguntar a Sam si alguna vez pensaba en alguien que no fuera ella misma.

Pero no lo había hecho, aunque no le había ocultado su ira.

–¿Y cuándo se supone que llegará el momento adecuado? Es solo para saber durante cuánto tiempo van a arrojar tomates podridos contra mi casa –había preguntado al fin.

–Me odias. Y no te culpo por ello... me odias. Y Alexander me odiará cuando lo sepa.

Para horror de Gianni, Sam se había echado a llorar. Y si había algo que no soportaba eran las lágrimas de una mujer.

–Sam creía que su novio se enfadaría al saber la verdad –él miró a Miranda y sonrió tímidamente–. Desgraciadamente, antes de que pudiera reunir el valor para aclararlo, el novio le contó la historia a un amigo, y ese amigo resultó ser compañero de borracheras de cierto periodista llamado Rod James, que lleva años intentando destrozarme.

–Pero podrías haber parado todo el asunto, o al menos refutar la historia...

–Sam me pidió que no hiciera declaraciones –Gianni se encogió de hombros. No le faltaba razón. Responder a una mentira solo le daría más credibilidad para quienes se lo iban a creer de todos modos–. Me pidió una oportunidad para contarle la verdad a Alex sin que tuviera que leerla él mismo.

–¿Y cuánto tiempo se tarda en confesar haber mentido? –Miranda lo miró fijamente mientras intentaba controlar la sensación de injusticia que bullía en su interior. Gianni se mostraba tranquilo, como si la petición de Sam le hubiera parecido razonable. ¿Acaso esa mujer no comprendía lo injusta que había sido?

–Por eso vine aquí sin decir nada a nadie. La intención era ocultarnos durante unos días hasta que las cosas se calmaran. Era perfecto. Lucy es lo más parecido a una monja –Gianni hizo una pausa, inclinó la cabeza y la miró de reojo–. Y entonces desperté en la cama contigo. Pero eso ya lo sabes.

–De manera que no eres un secuestrador –el artículo no lo había llamado así con todas las letras, pero lo había insinuado, incluso sugiriendo que la policía lo buscaba.

Él sacudió la cabeza.

—¿Solo un mentiroso?

—Eso es muy cruel.

—¡Cruel! —exclamó Miranda—. Me hiciste creer que estabas arruinado —se cubrió el rostro con las manos mientras recordaba los consejos que le había dado a un hombre que dirigía una empresa de publicidad que había editado una docena de superventas mundiales.

—Cuando llegaste a esa conclusión, me pareció... conveniente —admitió él.

—Ni siquiera estoy segura de que seas consciente de haber hecho algo mal.

—¿Acaso importa? —en el rostro de Gianni se reflejó cierta impaciencia—. No soy un hombre especialmente agradable, pero no te acostaste conmigo porque pensaras que lo fuera, o porque había perdido todo mi dinero... a no ser —sugirió—, que fuera sexo por piedad.

—No tengo ni idea de por qué me acosté contigo —murmuró ella, incapaz de mirarlo.

—Sí, la tienes, *cara*.

Miranda tragó con dificultad y levantó la vista, fundiéndose con la mirada negra y ardiente que la quemaba por dentro.

—Yo... tú... —balbuceó humedeciéndose los labios resecos.

—Te acostaste conmigo por la misma razón por la que yo me acosté contigo.

A Miranda le resultaba desesperante tanta arrogancia. La sonrisa de Gianni llevaba implícita un desafío que no podía igualar porque la tensión hacía que el corazón apenas le latiera y cuando los negros ojos la recorrieron de arriba abajo, empezó a temblar como si le hubiera acariciado con las manos. Estaba tan excitada que apenas podía respirar.

–Porque tenemos... –Gianni hizo una pausa y habló con voz ronca– el mismo deseo.

Miranda tragó saliva. Estaba literalmente paralizada por la lujuria. «Olvida el amor, concéntrate en lo que tienes, Mirrie», se dijo a sí misma. «Deja que baste con eso».

–Creo que en parte no te lo dije porque me resultaba agradable que alguien me deseara por mi cuerpo y no por mi chequera. Y, para serte sincero, no sabía si llegarías a descubrirlo.

–¡Eso sí que es sinceridad! –Miranda apartó el rostro de la influencia de su mirada.

Gianni la contempló con una mezcla de recelo y frustración.

–A ver si lo he entendido. Pensaste que si alguna vez llegaba a descubrirlo, tú ya estarías lejos de aquí, de modo que la situación solo podía resultarte propicia.

–Dicho así suena fatal –él le tomó ambas manos y tiró de ella para que se pusiera en pie.

–Es que lo es –Miranda apretó los labios, negándose a responder al encanto de su sonrisa.

Gianni se acercó un poco más y ella sintió el calor de su cuerpo antes de que apoyara las manos sobre sus hombros. Inclinó la cabeza y lo miró con evidente deseo, aprensión y excitación.

–¿Y se lo ha contado ya?

–Sí –contestó Gianni tras conseguir sacar su cerebro del tórrido lugar en el que se hallaba.

–¿Y él la odia?

Él presionó los labios contra la oreja de Miranda y la sintió estremecerse mientras giraba la cabeza para permitirle el acceso a su cuello.

–Al parecer no.

–¿Y qué pasa con la historia del periódico? –ella cerró los ojos al sentir un violento temblor mientras él le acariciaba la piel con la lengua–. ¡Dios, no lo hagas!

—¿Quieres que pare?

—Lo que quiero es que no te pares —le corrigió ella volviéndose para mirarlo.

—Disculpas en la segunda columna, página tres —Gianni sonrió.

—¿Qué? —Miranda pestañeó perpleja.

—El artículo —contestó él.

—Ah... —ella le tomó el rostro entre las manos, pero no intentó besarlo. Se limitó a mirarlo con gesto de arrobo—. O sea que ya no te escondes. Eres libre para marcharte cuando quieras —la noción hizo que sintiera un escalofrío en la columna.

Gianni frunció el ceño y apoyó las manos en las caderas de Miranda. Ella se resistió durante un instante antes de pegarse a él, estremeciéndose.

—Supongo que sí —admitió él extrañado de que la libertad no le resultara tan atractiva como debiera—. Pero te equivocas en una cosa.

Miranda cerró los ojos y suspiró. Si Gianni no la hubiera estado sujetando, se habría deslizado hasta el suelo.

—Jamás olvidaré tu nombre, Miranda.

«Maldita sea», pensó ella. «Lo sabe».

Las lenguas de ambos se rozaron. «Ni tu rostro, o tu voz, o tu sabor», se juró él.

Instintivamente, Miranda luchó contra la corriente que lo empujaba hacia él. Aunque sabía que ya era tarde para negar estar enamorada, interrumpió el beso. Lo amaba y siempre lo amaría. Y soportaría lo que tuviera que soportar.

—Creo que besabas mejor cuando no eras rico y poderoso —mintió ella.

Gianni alzó la cabeza con una punzada de resentimiento ante las palabras de Miranda. El resentimiento se hizo más profundo, aunque la ira iba más dirigida a sí mismo que a ella. ¿No se daba cuenta de que nunca había permitido que otra mujer se le acercara tanto?

—No sé por qué te lo tomas tan a pecho. No suelo compartir la historia de mi vida con todas las mujeres con las que... —Gianni sintió que ella se ponía tensa y cerró los ojos. Desde el instante en que había abierto la maldita boca, supo que se había equivocado.

Abrió los ojos y se encontró con los ojos verdes completamente gélidos. Se había apartado unos centímetros de su lado aunque, emocionalmente, la distancia era de kilómetros.

—¿Con las que te acuestas solo por placer? —completó Miranda la frase enarcando una ceja—. Por Dios, Gianni, tú sí que sabes hacer que una mujer se sienta especial. Me sorprende que no me asignaras un número para evitar confusiones.

La carcajada de Gianni la enfureció aún más.

—¿He dicho algo gracioso?

—Mucho... no tienes nada que ver con las mujeres con las que salgo o me acuesto.

—¿Y eso es bueno o malo?

—Perturbador —admitió él.

Capítulo 10

REGRESARÉ a Londres por la mañana.
Miranda se quedó helada y perdió toda compostura. La sensación de pérdida era inmensa.

Tuvo el suficiente instinto de conservación como para bajar la mirada mientras se balanceaba sobre los tobillos como si le hubiera golpeado una ráfaga de viento.

Esperaba que su lenguaje corporal no manifestara lo que sentía en realidad: «acabo de recibir un golpe del que quizás no me recupere jamás».

–Deberías marcharte lo más temprano posible para no sufrir atascos. Lo mejor para Liam sería un desayuno ligero y quizás unas galletas de jengibre. El jengibre es bueno para el mareo. La radio dice que siguen las obras en la...

–Si te parece bien, podría regresar de vez en cuando –la interrumpió Gianni.

–¿Exactamente qué estás diciendo? –Miranda parpadeó y sacudió la cabeza.

–Estoy diciendo que esto no tiene por qué terminar...

Miranda ignoró la sensación de alivio que sintió y se tomó un instante para responder con calma, recordando que no era más que un respiro. Lo que le ofrecía era sexo por placer.

Y lo iba a aceptar porque no podía rechazarlo. Como una adicta, no podía dejar pasar la oportunidad de estar con él, aunque la batalla para ocultar sus sentimientos resultara agotadora, pues en el fondo del corazón sabía que Gianni acabaría por darse cuenta.

–¿Te refieres a las peleas? –sugirió ella con fingida confusión.

–Me refiero al sexo –aclaró él irritado–. Es bueno... –sus labios se curvaron en una sonrisa–. No, es increíble –¿por qué no dejar que las cosas siguieran su curso? ¿Por qué privarse del mejor sexo que había disfrutado jamás?

De ninguna manera iba a modificar las reglas. Los aspectos importantes seguirían igual. Miranda no formaría parte de la vida de Liam. La... situación requería de ciertos límites.

La vida real no consistía en perezosas tardes en la cama y paseos a la luz de la luna. Eso pertenecía a las vacaciones románticas.

Era evidente, o lo habría sido si hubiera reflexionado sobre ello, que las vacaciones románticas no funcionaban una vez acabadas las vacaciones porque la pareja no solía estar preparada para adaptarse al cambio de circunstancias. Su vida no eran las vacaciones, y el sexo debía encajar en su vida. Debía resultar conveniente.

–Sí, lo es –Miranda respiró hondo y tomó una decisión. Mirándolo a los ojos se preguntó si el destello de emoción que veía era placer, alivio o nada de eso.

«Por Dios, Mirrie, si quieres saberlo, pregúntaselo. ¿O es que tienes miedo de la respuesta?». Pero no preguntó porque en el fondo sabía que, en el momento en que le revelara sus sentimientos, se marcharía de su vida para siempre.

–¿Qué tenías pensado? –sin esperar respuesta, añadió–: tengo algunas condiciones.

Gianni entornó los ojos. Esa mujer tenía algunas condiciones. No era la escena que se había imaginado. La contempló incrédulo mientras la frustración ardía en el estómago.

—Puedo aceptar sexo sin compromiso —ella se aclaró la garganta—, pero no puedo aceptar... —hizo una pausa, avergonzada—. Mientras dure, quiero ser la única.

—¿Acaso habías pensado que tengo tiempo suficiente para...? —Gianni se interrumpió al ver la expresión en los verdes ojos—. La exclusividad no será ningún problema.

—Y no quiero mentiras... —Miranda se sentía orgullosa de la calma que reflejaba su voz—. Podemos disfrutar de un sexo realmente bueno... sin ataduras.

Lo había aclarado al percibir la ira, inexplicable para ella, reflejada en el bronceado rostro.

—Pero debo ser sincera —admitió.

Pensaba en su hermana y la relación intermitente que había mantenido con ese fotógrafo durante años. Sin duda Oliver había supuesto su salvación: un hombre totalmente distinto a su anterior amante.

—Lo digo en serio, Gianni. Si me mientes otra vez, e incluyo las mentiras por omisión...

—Sexo... lo siento, quería decir sexo sin sentimientos. Lo he entendido. ¿Algo más?

—No, eso es todo —Miranda sacudió la cabeza.

Gianni asintió mientras se dirigía hacia la nevera y sacaba una botella de champán.

—¿Brindamos por nuestro acuerdo? —se volvió hacia ella con la botella en la mano.

—Estupendo —murmuró ella sin apartar los ojos de su boca—. Pero sabrá mucho mejor después de que me hayas llevado a la cama.

Gianni parpadeó.

No fue hasta ver su expresión que Miranda comprendió que había expresado en voz alta sus pensamientos.

Gianni la miró con una mezcla de diversión y ternura mientras el mortificante color rubí afloraba a las pálidas mejillas y los ojos verdes se abrían como platos.

–Lo siento –exclamó cubriéndose el rostro con las manos–. Pensaba en voz alta.

–Miranda Easton... –él sonrió y soltó la botella.

Gianni le apartó las manos del rostro y besó cada uno de los dedos antes de juntar las palmas y hacerlas desaparecer entre sus grandes manos.

La imagen resultó de lo más simbólica para Miranda. Representaba la superioridad y la fuerza. Una fuerza que jamás habría imaginado podría resultar tan excitante.

–Me encanta cómo funciona tu mente. Piensa en voz alta siempre que quieras, *cara.*

Miranda soltó un grito de fingida protesta cuando, sin previo aviso, Gianni la tomó en sus brazos. Sin ofrecer la menor resistencia, le rodeó el cuello con los brazos y se dejó llevar.

–¿Qué estás haciendo?

–Creía que dormías –Miranda apoyó los pies en el suelo–. Son las once de la noche y no he cerrado la puerta. Y los perros...

–¿Por qué susurras? –preguntó él en tono divertido.

–Estaba siendo considerada. ¡Ay! –Gianni había alargado una mano hacia la botella de champán, derramando un poco sobre las sábanas.

–Los perros ladrarán como locos si alguien intenta entrar. Vuelve a la cama, *cara.*

El pecaminosamente seductor susurro era una invitación imposible de rechazar, al igual que la fuerte mano que le agarró el brazo y tiró de ella.

–¿Qué haces? –Miranda fingió irritación mientras se sentaba a horcajadas sobre él.

–Creo que soy yo quien debería preguntárselo, señorita Easton. Parece tomarse ciertas libertades –observó él mientras contemplaba los bonitos pechos, pálidos en la oscuridad salvo por la sombra más oscura de los erectos pezones. La inevitable ráfaga de lujuria endureció su cuerpo al instante. Nunca parecía poder saciarse de esa pelirroja.

Gianni estaba considerando tomar un sensible pezón en la boca cuando ella retorció las caderas y se inclinó hacia delante lo suficiente para que los rosados botones acariciaran el masculino torso.

A continuación deslizó las manos por el estómago hasta encontrar lo que buscaba, provocándole un escalofrío.

–Y usted parece estar disfrutando de ello, señor Fitzgerald.

Miranda sonrió en la oscuridad y cerró los dedos en torno a la suave y rígida columna de su erección mientras Gianni soltaba un respingo. La suave risa se convirtió en un grito cuando él la tomó por la cintura y rápidamente cambiaron posiciones.

–¡No es justo! –protestó ella sin aliento.

Miranda se retorció, pero no opuso resistencia mientras él le sujetaba ambas muñecas por encima de la cabeza y, con la mano libre, presionaba un botón en la mesilla de noche.

De inmediato, las cortinas se abrieron y la habitación quedó bañada por la luz de la luna.

–A nuestra Lucy siempre le han encantado los juguetitos electrónicos. Y, ¿sabes una cosa? –Gianni arrastró las palabras–, empiezo a pensar que no le falta razón.

Los negros ojos barrieron lánguidamente el cuerpo de Miranda cuya pálida piel brillaba opalescente bajo la plateada luz.

Sin poder evitar estremecerse, ella lo miró. Gianni le recordaba una de esas estatuas olímpicas. Era increíblemente hermoso y, solo con mirarlo, se sentía marear.

El deseo ardía en su vientre y sintió que se le derretían los huesos mientras la besaba apasionadamente.

–Podrías simplemente haber encendido la luz –susurró ella cuando el beso hubo terminado.

Él le mordisqueó el labio y tomó los pechos con las manos ahuecadas. Miranda se estremeció y gimió al sentir el roce de los pulgares sobre los pezones.

–Soy un romántico.

En la penumbra, ella vio desaparecer el brillo burlón de los negros ojos, sustituido por un ardor febril que hizo que los músculos se le encogieran de anticipación.

–*Dio*, qué hermosa eres –Gianni hundió los dedos de la mano entre sus cabellos y respiró hondo, casi con reverencia, mientras le acariciaba la mejilla.

–No entiendo cómo puedes hacer que me sienta así –Miranda jadeaba y giró el rostro para besarle la palma de la mano.

–¿Así? –preguntó él.

–Así –insistió ella mientras le guiaba la mano hacia el ardiente y húmedo núcleo de su feminidad.

–¡*Dio*! –gruñó él mientras le separaba las piernas y la besaba–. Me encanta que siempre estés dispuesta para mí.

–Te deseo tanto, Gianni, que me asusta.

Pero aún más le asustaba pensar en cómo se sentiría cuando se hubiera ido, cuando el sexo por placer empezara a aburrirle.

Apretando los dientes, Miranda intentó ignorar sus pensamientos. Pero en cuanto Gianni se hundió en ella, llenándola con su deliciosa dureza, ya no le hizo falta intentarlo.

A la mañana siguiente, Miranda despertó al inconfundible aroma del café. Sonriendo, bostezó perezosamente y giró la cabeza. La cama estaba vacía, aunque había una taza de café en la mesilla de noche.

Pero por bueno que fuera el café, hubiera preferido encontrárselo en la cama junto a ella. Ahuecó las almohadas y se sentó para tomárselo.

Apuraba la taza cuando Gianni apareció. Miranda se cubrió el pecho con la sábana y se mordió el labio. Ese hombre conocía cada centímetro de su cuerpo, ¿por qué reaccionaba así? Quizás tenía algo que ocultar, algo que temía que él descubriera.

Esperaba que él hiciera algún comentario sobre su gesto, pero no pareció darse cuenta. Al acercarse a la cama ella notó algo... ¿diferente? Pasaron unos segundos antes de darse cuenta. Gianni iba vestido con una camisa blanca y unos pantalones hechos a medida.

—Estás... —ella hizo una pausa. Necesitaba darle un nombre a la expresión de su rostro. No era fría, pero tampoco cálida. Era... distante–. ¿Por qué no me has despertado?

—Tenía que madrugar. No había necesidad de que tú también lo hicieras.

—Prepararé el desayuno. ¿Liam se ha...?

—Liam ya está en el coche –Gianni apoyó una mano en el hombro de Miranda.

Los ojos verdes se abrieron desorbitados ante la impresión. Una impresión sustituida enseguida por dolor.

—Ya hemos desayunado –añadió Gianni.

—¿Os marcháis... ya?

Él asintió.

—Tengo que despedirme –olvidando toda modestia, Miranda se sentó en la cama–. ¿Dónde he puesto mi...? –miró a su alrededor en busca de la bata.

—No –Gianni se secó el sudor del labio superior con un impaciente gesto de la mano. *Dio*, nunca había sentido tanto placer, ni tanta agonía, por culpa del cuerpo de una mujer.

—No comprendo... —Miranda alzó la vista y lo miró con el ceño fruncido.

—Creo que lo mejor sería que no le dijeras adiós.

—¿No? Pero, yo...

—No entiendes que nuestro acuerdo no incluye a Liam, ¿verdad?

—¿No quieres que vea a Liam? —al fin lo comprendió.

—Creo que sería lo mejor —Gianni desvió la mirada de los llorosos ojos, pero se encontró con los temblorosos labios—. No sería justo permitirle encariñarse con alguien y luego ver cómo desaparece esa persona... Necesita estabilidad.

No había dicho nada que no fuera cierto. Entonces, ¿por qué se sentía como un bastardo? No hacía más que velar por los intereses de su hijo. «Es mi obligación», se dijo a sí mismo. Pero continuó sintiéndose como un bastardo.

—Entiendo —Miranda bajó la mirada y volvió a meterse en la cama.

La silenciosa dignidad al aceptar la decisión le hizo sentirse mucho peor.

—Espero que tengas un buen viaje.

—Yo también —Gianni endureció su corazón y luchó contra el impulso de retractarse. Para que su acuerdo funcionase, debía mantener separadas las distintas parcelas de su vida—. Intentaré regresar el viernes por la noche... —una semana sin sexo nunca le había parecido tanto tiempo. Nunca había echado de menos el sonido de la voz de una mujer y no iba a empezar a hacerlo en esos momentos.

—Quizás deberías llamar primero —Miranda comprendió de golpe que se había convertido en su querida.

—¿Por qué? —Gianni pareció perplejo ante la sugerencia y la dignidad desplegada por ella.

–Bueno, no sé cuándo volverá Lucy. Puede que yo ya no esté aquí y no me gustaría que hicieras el viaje en balde –aunque sí le gustaría que pasara el resto de su vida lamentándose por haber dejado marchar a la mujer que más lo había amado jamás.

–¡Lucy no volverá tan pronto! –protestó él mientras se negaba a sucumbir a la punzada de algo que se negaba a reconocer como pánico.

–No sé cuándo volverá, Gianni –Miranda se encogió de hombros y despejó su mente de toda autocompasión–. Ya te lo dije. Quizás el viernes...

Él asintió secamente y se marchó sin pronunciar palabra. Miranda escuchó atentamente todos los sonidos de su partida: los pasos en las escaleras y el portazo antes de que el motor del coche se pusiera en marcha. Después no hubo más que silencio.

La serena sonrisa se esfumó de su rostro y se deshizo en sollozos, más propios de un animal herido, que surgieron de su interior más profundo.

Lloró sin parar durante media hora antes de soltar la húmeda almohada y dirigirse hacia el cuarto de baño. Contempló su reflejo en el espejo e hizo una mueca.

«Dios, estoy hecha un asco», pensó mientras abría el grifo del agua fría.

–Este es el trato, Mirrie –anunció a la imagen del espejo–. Afróntalo –añadió mientras retiraba unos mechones de cabellos cobrizos del rostro.

La otra opción era... Cerró los ojos. No, aún no podía considerar la otra opción. Podría con ello. Los corazones no se rompían y, además, esos eran pensamientos para el futuro.

Limpió con una mano el espejo y se puso el reloj. No estaba de vacaciones. La pagaban por hacer un trabajo... y hacer era más productivo que pensar.

Capítulo 11

ERA IMPRESIONANTE lo que podía abarcar una persona que necesitaba llenar cada instante de su vida con actividad. La casa, de por sí inmaculada, brillaba. Cada superficie resplandecía, cada mala hierba había sido eliminada del jardín. Hasta el pelaje de los perros relucía tras horas de cepillado.

Incluso había conseguido disfrutar de unos momentos de diversión. Aunque su primer impulso había sido el de rechazar la invitación de Joe para unirse a su equipo en un concurso en el pub el martes por la noche, al final aceptó.

Y lo cierto fue que se divirtió. Su equipo fue el último, pero eso no disminuyó el humor de sus miembros, dispuestos a seguir la fiesta.

Tras tomar unas cuantas copas de más de la sidra local para celebrar la derrota, Miranda se había levantado a la mañana siguiente una hora más tarde de lo habitual.

Al anochecer, mientras cerraba la puerta del establo, un coche plateado entró rugiendo en el patio lanzando grava en todas direcciones y parándose a escasos metros de ella.

El corazón le dio un vuelco al ver al hombre de largas y atléticas piernas que bajaba del vehículo. Mientras se acercaba a ella, la emoción inicial fue sustituida por incertidumbre.

Era Gianni, pero el hombre que caminaba hacia ella no era el Gianni que ella conocía. El coche había cambiado y él también. Miranda no estaba segura de lo que sentía ante los cambios, aunque desde luego no había motivos para protestar.

Inútilmente se esforzó por reconocer en la elegante figura que se aproximaba al demonio arrogante vestido con vaqueros del que se había enamorado. El hombre que se acercaba destilaba seguridad, poder y confianza con la misma naturalidad con la que llevaba el hermoso traje que se ajustaba a su igualmente hermoso cuerpo.

Durante un momento intentó ver más allá del traje gris y la camisa rosa. Gianni empezó a aflojarse la corbata y se acercó lo bastante para que sus miradas se fundieran.

De inmediato identificó el salvaje deseo en las negras profundidades y sintió un enorme alivio. Lentamente, se acercó a él antes de echar a correr mientras una voz que resonaba en su mente la reprendía: «demasiado ansiosa, Mirrie».

Buen consejo.

Se paró a unos centímetros de él, pero no podía aparentar calma ni dejar de temblar.

—Es miércoles —acusó con la voz cargada de emoción.

—Esperaba un recibimiento más entusiasta —él enarcó las cejas y hundió las manos en los bolsillos para no tomarla en sus brazos allí mismo—. Obviamente me alegro de verte —el irónico comentario de Gianni hizo que ella se sintiera aún más incómoda.

Pero para Gianni no resultaba tan obvio.

—Es que no te esperaba aún. Dijiste que el viernes...

—Cancelé una reunión —él se encogió de hombros.

En realidad había cancelado dos, pero, tal y como le había explicado a su secretaria, ¿por qué celebrar tres reuniones en tres lugares diferentes cuando los temas a discutir se solapaban? ¿No tenía más sentido juntarlas?

A Gianni le irritaba que nadie más se hubiera dado cuenta de ello.

Y por si su secretaria aún no lo había comprendido, había tachado con rotulador rojo las dos reuniones que creía podían eliminarse, lo cual le había dejado con dos medios días. Ante la observación de la mujer de que algunos de los asistentes podrían tener problemas para reajustar sus agendas ante el poco tiempo con el que había avisado, había contestado que si él podía hacerlo, ellos también.

Sintiéndose ligeramente culpable, e incómodamente consciente de que había hecho gala de la misma prepotencia que aborrecía en los hombres con poder, se había esforzado por ser menos cáustico y había llegado al extremo de admitir que tenía problemas en casa.

Normalmente no comentaba asuntos domésticos en el trabajo, pero desde el regreso a Londres nada había sido normal. Para empezar, Liam no paraba de hablar de Mirrie ni de preguntar cuándo iba a volver a verla, repitiendo la misma pregunta que ocupaba la mente de Gianni. Al igual que su hijo, era incapaz de sacar a esa mujer de su cabeza.

Miranda recibió la explicación con sentimientos encontrados. ¿Significaba eso que no iría a verla el fin de semana?

–Qué bien.

–Nada en esta semana ha ido bien –fue la amarga respuesta de Gianni.

Eso explicaba la evidente tensión que emanaba del masculino cuerpo.

–Lo siento –se lamentó con humildad.

Un incómodo silencio prosiguió mientras Miranda sentía que el resentimiento se acumulaba en su interior. ¿Qué se suponía debía hacer? Él estaba acostumbrado a esa clase de situaciones, pero no la estaba ayudando en nada... Aún no la había tocado, y mucho menos besado.

¿Debía ser ella quien diera el primer paso?

—Estaba a punto de... —Miranda se interrumpió ante la feroz mirada de los ojos negros.

—¿Qué estabas a punto de hacer?

—Iba a tomarme una taza de chocolate y marcharme a la cama —balbuceó la verdad, demasiado tensa ante el gesto de Gianni, para inventarse algo más ingenioso.

—¡Por mí estupendo! —el gesto severo se transformó en una sonrisa—. Pero sin el chocolate.

En una zancada la tomó en sus brazos y la besó con el ansia de un hombre hambriento.

Dos maravillosas horas después, Miranda soltó una carcajada cuando Gianni regresó al dormitorio con una humeante taza.

—Dijiste que querías una taza de chocolate caliente —él enarcó una ceja.

—¿Tú no quieres? —preguntó ella mientras se calentaba las manos con la taza.

—No. No soy goloso.

Miranda emitió un suspiro de placer y enterró la nariz en la taza mientras observaba cómo Gianni volvía a desvestirse. Jamás se había imaginado sentir tal placer carnal ante la contemplación de un hombre desnudo, claro que últimamente había hecho muchas cosas que jamás se había imaginado hacer.

—Me ayuda a dormir.

—Esa —admitió Gianni mientras se metía en la cama junto a ella— es una posibilidad que no había considerado —le quitó la taza y la puso fuera de su alcance.

—¿Qué haces?

—No estoy dispuesto a que te duermas todavía.

Miranda se acurrucó contra él y apoyó la cabeza sobre el torso, de la textura del satén y la consistencia del granito. De nuevo, suspiró apreciativamente.

–Bueno, odio tener que decírtelo, pero apenas consigo mantener los ojos abiertos. De haber sabido que vendrías no habría salido hasta tan tarde anoche ni habría tomado tanta sidra... –sacudió la cabeza–. La próxima vez me mantendré alejada de ese brebaje.

–Me alegra que no te hayas aburrido en mi ausencia –él había trabajado hasta la madrugada para poder estar allí con ella, mientras que ella se había ido de fiesta.

–¿Sucede algo malo? –Miranda alzó la cabeza y lo miró inquisitivamente.

–Conmigo no –él sonrió afectadamente–. Yo no soy el que ha bebido demasiado.

–Tampoco me pasé tanto –protestó Miranda mientras reprimía un bostezo sin percibir la severidad que escondía la dulce voz de Gianni–. Solo tomé dos vasos. Joe...

–¿Joe? –Gianni soltó un juramento y, agarrándola por los hombros, la alejó lo suficiente para poder mirarla furioso a los ojos–. ¿Estuviste anoche con Joe?

–Sí, lo estuve. Bueno, no solo con Joe, el resto de... –ella se interrumpió. «¿Por qué le estoy dando explicaciones? ¿Por qué me comporto como si le debiera una explicación?».

De repente, la desigualdad de la situación en la que se había metido la golpeó con fuerza. ¿Había estado a punto de disculparse? ¿Disculparse por qué?

No había hecho nada por lo que sentirse avergonzada, salvo arrinconar todos sus principios. Estaba tan enamorada que se sentía capaz de hacer cualquier sacrificio, lo que fuera, por estar con Gianni. Toda la ardiente frustración y vergüenza afloró a la superficie mientras alzaba la barbilla desafiante y se soltaba de sus brazos, apartándose de él.

Cubriéndose con la sábana, se sentó con las rodillas flexionadas contra el pecho y lo miró directamente a los ojos.

—Pasé la noche con Joe y disfruté de ello —anunció.

Gianni soltó un juramento en italiano.

—¿Hay algo malo en ello? —preguntó Miranda, ignorando el peligro que corría al enfrentarse a él cuando la miraba con ese gesto.

—*Dio* —Gianni soltó una amarga carcajada—, si tienes que preguntármelo... —la miró con el gesto triunfal de quien se sabe poseedor del argumento ganador—. Dime, ¿qué hubiera pasado si en vez de hoy hubiera aparecido anoche?

—Pues supongo que habrías tenido que abrir la puerta con la llave —no era la primera vez que lo hacía—. Tienes experiencia en aparecer de improviso.

—¿Sugieres que no soy bienvenido? —él la miró con arrogante furia, digna de sus antepasados italianos.

—Sugiero que tienes muy poca vergüenza si esperas que me quede aquí sentada por si apareces —contestó ella con franqueza—. Fui a un pub con Joe. Te comportas como si hubiera tomado parte en alguna clase de... ¡orgía! Y para que lo sepas, si así lo hubiera hecho, no sería de tu maldita incumbencia. Ni siquiera mantenemos una maldita relación. ¡No es más que sexo! ¿Verdad, Gianni?

El silencio que siguió era electrizante.

—Fuiste tú quien impuso la cláusula de la exclusividad —le recordó él, quien ni siquiera había puesto reparos. ¿Qué le sucedía? ¿Por qué le permitía llevar la voz cantante?

—No espero de ti que ni siquiera le dirijas la palabra a otras mujeres, solo me refería al sexo... No puedes... ¿No pensarás que me he acostado con Joe? Demonios, la idea de que me toque alguien que no seas tú es...

–Miranda se llevó una mano a la garganta y se estremeció antes de considerar la conveniencia de mostrarse tan
franca con el último hombre en el mundo del que se habría imaginado enamorarse, y el único que soportaba
que la tocara.

La confesión provocó una oleada de masculina satisfacción en Gianni. Asintió condescendientemente y
se sorprendió igualando la franqueza de Miranda con la
suya.

–No me gusta la idea de que estés con otro hombre
–masculló entre dientes.

Miranda se quedó boquiabierta.

–¿Se podrían considerar celos? –preguntó él en tono
burlón, mezclado con estupefacción.

–Creo que la mayoría de las personas así lo haría
–ella inclinó la cabeza.

–Y yo creo que la mayoría de las personas diría que
estamos perdiendo el tiempo discutiendo –Gianni extendió los brazos–. Ven aquí.

Miranda soltó un grito y se arrojó en sus brazos.

–Eres tan inocente –murmuró él mientras le alisaba
los cabellos con ternura–. La próxima vez que un hombre intente emborracharte –le advirtió–, no olvides que
hay muchos lobos disfrazados de corderos.

–Eres una fuente de sabiduría –Miranda aspiró el delicioso aroma almizclado de su piel, aún confusa ante
los repentinos cambios de humor que a menudo experimentaba con él.

–Me alegra resultarte divertido –murmuró él–. Y ahora,
duérmete.

–Lo cierto es que ya no tengo sueño.

–¿De verdad? –Gianni le tomó la barbilla con una
mano y le obligó a alzar el rostro.

–Puede que no logre dormirme en horas...

–El insomnio es algo terrible... ¿Sabes qué? Antes,

cuando has mencionado las orgías, pues tenía en mente una versión muy privada. Solo tú y yo...

—Pues yo estoy dispuesta —ella lo miró y le dedicó una sonrisa traviesa—, si lo estás tú —deslizó una mano por su cuerpo y fingió un sobresalto—. ¡Madre mía, sí que lo estás!

Aquella noche se inició una costumbre que se mantuvo durante las tres semanas que siguieron. Gianni solía aparecer, generalmente sin avisar, dos o tres veces por semana.

El tiempo que disfrutaban juntos era intenso. A menudo, Miranda tenía la sensación de estar intentando comprimir toda la semana en unas pocas horas. El tema de Liam seguía siendo un problema para ella. La primera vez que había mencionado su nombre, Gianni la había ignorado.

Había sucedido tres visitas antes de que se le hubiera caído la venda de los ojos. Con posterioridad se había sentido ridícula por no haberse dado cuenta antes. Ilusamente había asumido que la consideraba más que una amante desechable, pero se había equivocado. Gianni seguía decidido a proteger a Liam de ella y se sintió como una estúpida por pensar lo contrario.

Gianni había llegado un día mientras ella estaba en la ducha. Al final se convirtió en una ducha muy larga, pero le hizo reflexionar sobre el hecho de que ella también podría darle una sorpresa alguna vez.

La planeó para el lunes siguiente. Había visto la dirección londinense de Gianni en un sobre y, siendo consciente de que no sería bienvenida a causa de Liam, no veía cuál sería el problema si lo llamaba por teléfono desde la habitación del hotel que iba a reservar.

Tomó el tren muy temprano tras haber aceptado el ofrecimiento de un vecino para ocuparse de la cabaña si alguna vez se tomaba un día libre.

–Los perros pueden quedarse conmigo y no supondrá ningún problema alimentar a los demás por encima de la valla.

Miranda se dirigió directamente a los grandes almacenes donde había reservado una sesión completa de peluquería, tratamiento facial y maquillaje. También aceptó el consejo de la maquilladora y contrató a un ayudante personal de compras. Llevaba puesta la única prenda aceptable que había llevado consigo, la falda verde que tanto gustaba a Gianni, pero ya la había visto miles de veces con ella puesta.

Tres horas más tarde, al salir del probador, apenas reconoció a la esbelta figura con zapatos de tacón y un vestido de seda verde con cuello Peter Pan. Los cabellos estaban recogidos en un bonito moño y en el bolso llevaba un montón de muestras de maquillaje.

«Estoy estupenda», pensó al contemplarse en el espejo de cuerpo entero. Una opinión reforzada por las miradas de admiración que percibió durante el corto trayecto a pie hasta el hotel.

Al entrar en el hotel su autoconfianza estaba en el nivel máximo, y duró el tiempo justo que le llevó insertar la tarjeta-llave en la puerta de su habitación. Porque justo en ese momento, Sam Maguire salía de la habitación frente a la suya.

Esa mujer era mucho más espectacular en persona de lo que parecía en televisión. No solo más delgada, sino también más alta y con un cuerpo que cualquier modelo envidiaría. Llevaba un vestido de encaje en color crudo, sin mangas y cubierto de intrincada pedrería.

Proyectaba una elegancia que no podría conseguirse ni siquiera con varias horas de trabajo de un equipo de profesionales. Reflejaba una felicidad y confianza que no podía comprarse.

Observando a la madre de Liam, Miranda sintió que su propia confianza se disolvía. De repente, su vestido le pareció vulgar. Se frotó los labios con el dorso de la mano, quitándose el carmín. Nunca podría igualar ese aspecto. Se sentía como una copia barata.

La mujer se volvió hacia ella y sonrió sin llegar a mirarla realmente. Siendo hermana de una celebridad, en un viaje a Estados Unidos Miranda había visto a Tam actuar del mismo modo.

Ella misma había sido confundida en ese mismo viaje con su famosa gemela y tanta atención le había resultado insoportable.

Cuando le había preguntado a Tam cómo aguantaba ser el centro de atención, esta se había encogido de hombros. «Llegas a acostumbrarte», le había contestado. Había sido tras la cancelación de la serie cuando le había confesado que lo peor era precisamente no ser el centro de atención.

Incapaz de aguantarse, Miranda retiró la tarjeta de la puerta de la habitación y regresó sobre sus pasos.

«¿Será así como se inicia un acosador?», se preguntó mientras entraba en el ascensor junto con Sam Maguire, consciente de no estar comportándose de manera racional.

El ascensor se abrió en la planta baja y Miranda siguió a la otra mujer hacia el vestíbulo.

Después se sentó en un sillón y la observó atentamente, ignorante de las miradas de admiración que ella misma atraía.

Tomó una revista para ocultarse cual espía de película. Y de repente se le ocurrió: no actuaba movida por la curiosidad sino por la locura. Se tapó el rostro con una mano y sintió una oleada de vergüenza.

¿Acaso había esperado presenciar algún movimiento de esa mujer que explicara el hecho de que Gianni pareciera dispuesto a perdonárselo todo? ¿Aún estaba enamorado de ella?

Sintiéndose asqueada, sacudió la cabeza, dejó la revista en su sitio y se puso en pie. Mientras se dirigía de nuevo hacia el ascensor vio a Sam acercarse al mostrador del hotel y hablar con un hombre alto y de cabellos oscuros.

Un ramalazo de reconocimiento hizo que se quedara paralizada en el sitio. El hombre alto de cabellos oscuros que se inclinaba para oír mejor las palabras de Sam era Gianni.

Su primer y angustioso pensamiento fue que no debía ser vista allí.

El segundo fue que parecían estar demasiado cerca el uno del otro.

La reacción más visceral fue inmediata, seguida de una reprimenda. «No seas imbécil, Mirrie».

Considerando su relación, era normal que Gianni hablara con ella, y lo que interpretaba como intimidad en el lenguaje corporal de ambos, no era más que lo normal entre dos personas que se conocían bien. Sin embargo no pudo evitar sentirse tensa al ver cómo Gianni se inclinaba para besar a la otra mujer en la mejilla.

¿Estaban juntos de nuevo? Miranda sacudió la cabeza y desechó la idea. La pareja habló durante unos minutos más antes de que Gianni se dirigiera hacia los ascensores, pasando a escasos metros de ella aunque sin verla. La mujer rubia se dirigió a la puerta de salida, haciendo una breve pausa antes de atravesarla.

Capítulo 12

MIRANDA, que había estado conteniendo la respiración, soltó un tembloroso suspiro de alivio mientras las puertas del ascensor se cerraban con Gianni dentro. Se avergonzaba de su comportamiento. Qué habría pensado Gianni si la hubiera visto...

–Tengo una reunión con el señor Fitzgerald –Miranda se acercó al conserje con expresión alterada–, pero he perdido la nota. ¿Podría indicarme su número de habitación?

Con el corazón acelerado, golpeó la puerta con los nudillos.

Segundos después, Gianni abrió la puerta y la miró sin reconocerla, antes de abrir los ojos desmesuradamente.

–¿Miranda? –Gianni rompió a sudar mientras intentaba controlar las emociones ante la aparición de esa mujer en su mundo, en su territorio.

Ya nunca más podría fingir que su relación se basaba únicamente en el sexo. Sentía algo por ella. *Dio*, ¿cómo se le había ocurrido aparecer por allí?

–Hola, Gianni, se me ocurrió darte una sorpresa –Miranda sonrió temblorosa y se llevó una mano a la garganta ante la gélida expresión con la que él la miraba–. ¿Gianni...?

–No deberías estar aquí, Miranda. Esto no formaba parte del acuerdo.

–Es que quería darte una sorpresa –un puñetazo de terror le golpeó el estómago.

Dentro de Gianni se había desatado una silenciosa batalla. Parte de él deseaba besarla y parte rechazarla. Si cedía a lo primero, su relación y su vida cambiarían para siempre. Si cedía a lo segundo, habrían terminado.

Era el momento que había querido evitar. No tendría que haber sucedido. Miranda había cruzado la raya.

−¿No te alegras de verme?

−¡*Madre di Dio!* −exclamó él tras unos segundos de silencio−. Pareces... −encajó la mandíbula y tragó con dificultad−. Esto no va a funcionar, Miranda. No deberías estar aquí. Necesito mi espacio. No me gusta sentirme acorralado.

−No te estoy acorralando. Yo... −Miranda se sentía como si estuviera viviendo una pesadilla. De repente la ira estalló en su interior. ¿Por qué la trataba de ese modo?−. Incluso... −rebuscó en el bolso hasta encontrar lo que buscaba y sacó un paquete atado con una bonita cinta−, he comprado esto para la ocasión y reservado una habitación.

Los brillantes ojos verdes resplandecían con rabia y asco mientras agitaba ante Gianni un pequeño camisón de seda tan fina que se transparentaba, antes de dejarlo caer al suelo.

Gianni observó con la respiración entrecortada como ella pisoteaba la provocativa prenda con los tacones. A pesar de la situación, su mente produjo la imagen de ella vestida únicamente con esos tacones y la ropa interior. Hubiera dado un año de su vida por verla así, pero se obligó a apartar de sí los lujuriosos deseos.

−¿Todo esto era para mí? −preguntó−. Reservaste una habitación, ¿habías planeado...?

−Sí, había planeado seducirte... He pasado medio día arreglándome para ti.

−Debo pensar en Liam −irremediablemente excitado ante las imágenes que evocaba la confesión de Miranda, Gianni gruñó y sacudió la cabeza.

–¿A quién intentas engañar, Gianni? –ella lo fulminó con la mirada–. No se trata de Liam. Se trata de ti y del hecho de que estás demasiado asustado para admitir que no siempre puedes controlarlo todo. No te permites sentir nada... aunque creo que sí lo haces.

Tras expresar lo que sentía, se quedó jadeando y con la mirada fija en el bello rostro hasta que desvió la mirada con un amargo sabor de boca. «Respétate a ti misma, Mirrie».

–Miranda...

Ella observó que apretaba la cuadrada mandíbula y sintió una repentina satisfacción al saber que había tenido éxito, al menos en irritarlo. ¿O acaso ese brillo en sus ojos era de dolor?

Gianni hundió una mano en el bolsillo y la sacó llena de confeti. Había recibido alguna que otra mirada reprobatoria al arrojarlo sobre la feliz pareja a la salida de la iglesia. Al parecer había roto alguna que otra ordenanza municipal al hacerlo.

Pero en aquella ocasión, la cosa no se iba a solucionar pagando una multa.

–¿Por qué demonios no me avisaste de que venías? –murmuró. *Dio*, ¡qué lío!

–Te amo –se oyó decir ella con voz desesperada–. Y ya sé que eso tampoco formaba parte de nuestro acuerdo.

–Siento que hayas hecho el viaje en balde –Gianni dio un respingo–, pero esto no va a funcionar –no podía darle lo que le pedía, lo que se merecía de otro hombre, no de él.

Tenía que marcharse.

Pero no podía. Tenía los pies clavados al suelo. Y solo pudo cerrar la puerta.

Miranda se quedó paralizada, incapaz de creer que acabara de cerrarle la puerta en las narices, porque eso era lo que había hecho.

¿Qué había pensado al verla? Seguramente le iba a suponer más problemas de lo que ella valía. Y luego le había cerrado la puerta. Furiosa, deseó buena suerte a la siguiente que ocupara la cama de Gianni.

Quienquiera que fuera la pobre muchacha, la iba a necesitar, pensó en el ascensor mientras se arrancaba las horquillas que le sujetaban el estúpido moño. Se sentía...

—¡Estoy bien! —proclamó en el, afortunadamente, vacío ascensor.

No fue hasta que se tocó el rostro y comprobó que tenía los dedos húmedos de lágrimas que se dio cuenta de que no estaba bien, y no lo estaría durante mucho tiempo.

Los organizadores habían asignado a los Fitzgerald una mesa en un lugar privilegiado, tal y como correspondía a unas personas de las que se esperaba contribuyeran generosamente a las arcas de la obra de caridad que estaban apoyando.

Los Fitzgerald eran bien conocidos en el mundo de la beneficencia por su generosidad y por su aspecto atractivo y extremadamente fotogénico, casi parecían artistas de cine.

Natalia Fitzgerald, delgada y elegante con los cabellos negros salpicados de gris, se puso en pie en respuesta a los entusiastas aplausos.

—¿Qué has comprado? —preguntó su marido cuando se sentó de nuevo.

Ella lo miró despectivamente.

—Me he dormido —aclaró él en su defensa.

—Mamá me compró un abrigo de piel —anunció una de las hijas.

—Para ti no es. Te quedaría fatal —intervino su hermana pequeña—. Es para mí.

—En realidad es para tía Sophia. Y no te preocupes, James, no es de piel y es barato.

—Lo dudo.

Natalia entornó los oscuros ojos. Dotada de una estructura ósea perfecta y una piel inmaculada, no había necesitado recurrir a la cirugía para conservar su aspecto juvenil.

—¿Tienes algún problema con las obras de caridad, *caro*?

—Siempre que sean de caridad... —oyó Gianni decir a su gruñón padre, ignorante de las señales de aviso—. ¿No podríamos haber entregado un cheque? ¿Hacía falta hacerme disfrazar y sonreír a personas a las que no me apetece sonreír?

—¿Te parece que yo voy disfrazada? —murmuró su mujer entre dientes.

—No, claro que no, Natalia... —demasiado tarde, el padre de Gianni comprendió el lío en el que se había metido.

—Y en cuanto a sonreír —bufó la mujer—. No has sonreído ni una sola vez, ¿a que no? —se volvió a su familia en busca de apoyo.

Los hijos, sabedores de lo peligroso que era tomar postura en las disputas parentales, fingieron no oír nada.

Gianni, sentado entre sus hermanas, sonrió. A pesar de las discusiones, el matrimonio de sus padres era sólido como una roca y fortalecido por las tragedias que lo había asolado.

—No me extraña que se rumoree que has muerto o que has sido encarcelado —la madre de Gianni chasqueó la lengua irritada—. ¡Y tú eres igual de malo, Gianni!

—¿Yo? —el aludido alzó la mirada ante la acusación.

—Sí, tú. Parece que estuvieras en un funeral —ella contempló el atractivo rostro de su hijo mayor con preocupación—. ¿Qué te pasa?

Gianni se esforzó por no contestar. Había acudido a pesar de tener mejores cosas que hacer... ¿y encima tenía que sonreír?

—No pasa nada, madre.

—En ese caso, ¿no podrías fingir divertirte? —la respuesta de su madre no fue amable.

—Sí que se está divirtiendo, ¿verdad, Gianni?

—Ha sido una velada estupenda —Gianni intercambió una mirada con su padre y respondió al atractivo de los azules ojos de James Fitzgerald.

Habían pasado dos meses desde que le hubiera cerrado la puerta en las narices a Miranda y, aunque se reafirmaba en su acción, algunos días no bastaba para ayudarlo a levantarse de la cama. Su vida se había vuelto tediosa y aburrida.

—Va a pujar por el siguiente objeto.

—¿En serio? —lo único que había despertado su interés había sido una moto de alta gama—. Quiero decir, que desde luego que sí —añadió en respuesta al gesto de su padre.

—¿El siguiente objeto? —su madre consultó el catálogo—. ¿Estás seguro?

Gianni asintió irritado, atribuyendo la pregunta de su madre a su opinión sobre los peligros de las motos. Siendo adolescente había vetado sistemáticamente su petición de tener una.

Dio, a veces su madre lo trataba como si aún tuviera diecisiete años.

—¿He mencionado lo hermosa que estás, Natalia?

—No, no lo has hecho.

—Pues, estás...

—Calla, van a anunciar el siguiente objeto.

En la periferia de su campo de visión, Gianni percibió algo que aparecía en el escenario. Tras recibir un codazo de su padre en las costillas, aplaudió junto a los demás y se reclinó en el asiento mientras un tipo de rostro vagamente familiar y una piel extrañamente anaranjada empezaba a hablar, haciendo repetidas pausas para que el público se riera de sus chistes. La mente de Gianni empezó a divagar.

¿Qué estaría haciendo Miranda?

–Gianni –le advirtió su hermana dándole una patada bajo la mesa–. Si no pujas, vas a perder lo que has elegido –le dio un codazo a su otra hermana que empezaba a reírse y añadió en tono inocente–, rápido o te quedarás sin él.

Gianni se aclaró la garganta y anunció una cifra, sin tener la menor idea de cuál había sido la anterior, y que, no queriendo ser tachado de miserable, fue considerablemente elevada. Esperaba que la anterior apuesta no hubiera sido superior.

La exclamación que recorrió la sala le indicó que no había sido así.

Mientras los demás asistentes, contagiados del entusiasmo general, aplaudían con creciente fervor, Gianni levantó la vista sin demasiado interés.

El bronceado rostro quedó desprovisto de todo color mientras se ponía en pie. El violento estallido de energía que había recorrido sus venas como un incendio se apagó como una vela y se quedó clavado en el sitio, soltando un juramento en voz lo bastante alta como para que varias personas a su alrededor dejaran de aplaudir.

Inconscientemente dio un paso hacia el escenario antes de darse cuenta de que la mujer allí de pie no era Miranda.

Tenía el rostro de Miranda, el cuerpo de Miranda, pero no era Miranda.

No sabía cómo lo podía saber, pero lo sabía.

–Solo era una broma, Gianni –le aclaró su hermana, Bella, cuando regresó a la mesa–. ¿Cómo iba a saber que su puja bastaría para comprar todo el edificio? –buscó el apoyo del resto de su familia.

–No te preocupes, Bella –su padre le dio una palmada en la mano–. Es por una obra de caridad, aunque te has pasado un poco, hijo –añadió dirigiendo el comentario a Gianni–. Acabas de comprar todo un vestuario de ropa pre-mamá de diseño...

Las palabras de su padre sacaron a Gianni del trance. Miró a su progenitor a los ojos y sonrió forzadamente y sin convicción mientras decía lo primero que pasaba por su mente.

–Mierda.

Superada la conmoción inicial, el cerebro aún no había arrancado... Había mencionado una hermana gemela... gemela idéntica.

–¿La conoces, Gianni?

–No –contestó él con total certeza mientras miraba a su madre a los ojos.

Aquella mujer que tenía el rostro de Miranda no era Miranda. Tenía pruebas más convincentes que el ADN. La había mirado y no había deseado de inmediato saquear esos labios. Extrañamente, no había habido química entre ellos.

–Es guapa –continuó su madre sin demasiada convicción.

–Guapa, no, preciosa –le corrigió Gianni sacudiendo la cabeza.

–¿Adónde vas?

–He cometido un grave error y voy a subsanarlo.

Gianni recuperó la sensación de calma que lo había abandonado las últimas semanas. Ver el rostro soñado lo había vaciado de todo autoengaño.

Miranda había estado en lo cierto. Era un cobarde, un idiota que había construido, ladrillo a ladrillo, los muros de su propia prisión tras ser rechazado por Sam.

Había estado tan decidido a no sufrir de nuevo que se había privado de toda posibilidad de amar, lo cual, irónicamente, le había hecho sufrir mucho más de lo que había sufrido al ser rechazado y abandonado por Sam.

Una vez más, Miranda había visto más allá de su autoengaño. Había utilizado a Liam como excusa para vivir en una burbuja emocional.

—¡Madre mía! Gianni acaba de admitir haber cometido un error... y delante de testigos.

Sin pararse para responder a la sarcástica exclamación de su hermana pequeña, Gianni se dirigió hacia la parte trasera del escenario. A los Fitzgerald no se les cerraban muchas puertas, pensó con cinismo sin darse cuenta de que era más la dureza de su gesto y el aura de peligrosidad que exhalaba lo que hacía que la gente se apartara a su paso.

La encontró enseguida. La persona que llevaba puestas las prendas que al parecer acababa de adquirir estaba sentada mientras un tipo delgado con gafas le frotaba los pies.

Sabía que no era ella, pero eso no impidió que la semejanza le golpeara el pecho como un puñetazo. «No es Miranda, no es ella», se recordó. Sin embargo, se parecían lo bastante como para hacer que doliera... y mucho.

Hizo una pausa para estudiar a la pareja que no se había dado cuenta de su presencia.

—Te dije que sería demasiado para ti, Tammy —dijo el hombre.

—Estoy bien, no exageres, Oliver.

Gianni se puso rígido al oír el nombre. Ese era el hombre al que Miranda afirmaba amar. Estudió su rostro, intentando descubrir qué había visto en él, pero fracasó.

Menuda solidaridad entre hermanas. Gianni sintió surgir en él la furia protectora mientras analizaba a la hermana. Aún vista de cerca, las diferencias en sus rasgos eran apenas sutiles, aunque para él eran más que obvias.

Capítulo 13

DESEABA algo? –preguntó Oliver al hombre alto y de aspecto sombrío.

El aire de violencia contenida y de hombre duro, junto con la mirada de confrontación, le convertía en la clase de persona a la que el pacífico Oliver no solía acercarse. Y lo que menos le gustaba era que ese Adonis no dejaba de mirar a su esposa.

–¿Tú eres Oliver? –Gianni sintió una punzada de antipatía. ¿Qué había visto Miranda en él?

–Así es –confirmó Oliver con expresión perpleja–. ¿Lo conozco?

–Es el que ha roto el corazón de Miranda.

Fue la gemela de Miranda la que habló mientras intentaba ponerse de pie y, por primera vez, Gianni se dio cuenta de su estado. Estaba embarazada.

Dio, Gianni se esforzó por no empezar a gritar a la pareja. No podía, necesitaba información. Esos dos, se dijo, eran irrelevantes. La cuestión era que no permitiría que nadie volviera a hacerle daño a Miranda.

–¿Dónde está? –preguntó mientras escrutaba a la pareja con la mirada.

–¿Por qué, grandullón? ¿Quieres volver a romperle el corazón a mi hermana?

–¡Tamara! –Oliver se volvió horrorizado hacia su esposa.

–Pues no volverá a suceder, amigo.

–¿Ella está bien?

–A pesar de ti está bien. Sigue con su vida.

–No está bien –surgió la tranquila aclaración.

–¡Oliver! –le recriminó Tammy.

–Es la verdad, Tammy –Oliver se encogió de hombros–. No es feliz. Se ve a la legua.

Su esposa suspiró mientras asentía y miró acusadoramente a Gianni.

–¡Y todo es culpa suya! –exclamó la mujer con voz temblorosa.

–Se nota que eres una hermana muy considerada. Te casaste con el hombre al que ella amaba –Gianni esperó el efecto de sus palabras, un efecto que no llegó–. ¿Ya lo sabías?

–Te equivocas –el tipo de las gafas sacudió la cabeza–. Yo trabajaba con Mirrie, ella...

–¡Oh, Ollie! Qué dulce e inocente –su mujer lo besó en la mejilla–. Por supuesto que lo sabía. Mirrie no es precisamente la mejor actriz del mundo. Supongo que eso me convierte en una persona horrible, pero no lo soy. Y no voy a sentirme culpable por enamorarme. Por supuesto, podría haber actuado con nobleza y dejado a Mirrie el campo libre, eso es lo que ella habría hecho, supongo. Pero, ¿de qué habría servido? No habrían sido felices. ¿Vas a hacerle daño a mi hermana? –preguntó con la cabeza ladeada.

–No.

–No es a mí a quien tienes que convencer, pero para que lo sepas, te creo –admitió Tamara–. Claro que yo pasé la mitad de mi vida adulta dándole a mi infiel novio una segunda oportunidad y Mirrie siempre estuvo allí para recoger los pedacitos.

Tamara miró a su marido que asintió ante la silenciosa pregunta.

–Mirrie está cuidando una casa –Tam sacó un trozo de papel del bolso antes de levantar la vista hacia el hombre que destilaba impaciencia por todos sus poros–. Esta es la dirección. Está cerca de la tienda del pueblo. Si alguien no la rescata pronto, creo que terminará sus días en ese ruinoso lugar. Todo el pueblo le ha tomado cariño. Es un completo desastre.

–¿Tan malo es?

–Por supuesto. En ese lugar no hay un varón por debajo de sesenta años que sea masculino –ella miró a Gianni con gesto severo–. Si haces que me lamente de esto, iré por ti.

Miranda entornó los ojos y se echó hacia atrás, martillo en ristre, para observar el efecto. La casa que cuidaba estaba en el centro del pueblo y sus obligaciones se limitaban a alimentar a los tres gatos y limpiar un poco.

Lo lógico, ante el tiempo libre que le proporcionaba, había sido implicarse en la activa comunidad que había recibido a la forastera en su seno colectivo.

–Un poco a la izquierda... creo –Miranda ajustó el marco del cuadro–. ¡Perfecto!

Al día siguiente se celebraría una gran fiesta que atraería a numerosos turistas que acudirían a pasar el día festivo junto al mar.

Todo el pueblo había participado en la organización, pero tras descubrirse las dotes culinarias de Miranda, había sido nombrada la «experta». Poco importaba que hubiera declarado no saber nada sobre salones de té, galas benéficas, y mucho menos sobre normativas de salud y seguridad. Seguía siendo considerada la experta.

De modo que, aunque había sido un esfuerzo colectivo, sentía cierto orgullo al contemplar el brillante suelo recién encerado y las ventanas decoradas con los estores

que las mujeres de la comunidad habían cosido con re-
tales que ella había comprado por Internet. Todo lo expuesto en las relucientes paredes estaba en venta. Varios
artistas locales habían respondido al llamamiento de Miranda para exponer sus obras, dispuestos a entregar el
diez por ciento de los beneficios a la parroquia.

Se arremangó la larga falda del vestido y se dirigió
a la salida, asomándose primero a la cocina para comprobar que estuviera en perfecto estado, como el resto.

Por último, hizo una pausa para arreglar uno de los
centros florales que adornaban las mesas. Era increíble
el talento que podía encontrarse en una pequeña comunidad. Y más increíble aún la unión que demostraban,
pensó mientras abría la puerta de la calle.

–¡Dios mío, no, no, no! –cerró los ojos y volvió a abrirlos. Seguía allí, no era una alucinación. Gianni Fitzgerald, totalmente espectacular con su traje y corbata negra, estaba ante la puerta del centro comunitario.

Su mente se quedó en blanco mientras el corazón se
golpeaba contra las costillas.

Dio un paso atrás hasta que la espalda topó con la
pared. Después se deslizó lentamente al suelo, no por
voluntad propia, sino porque las temblorosas rodillas le
impedían mantenerse en pie.

Gianni la observó desmoronarse a cámara lenta y
alargó una mano mientras la examinaba atentamente
con los negros ojos emitiendo un brillo de lujuria y a la
vez alarma ante los cambios que se habían producido
en dos meses.

Lo que vio alimentó sus instintos protectores. Siempre le había parecido una mujer frágil, pero esa fragili-
dad había llegado a un punto extremo, marcándose en
las prominentes clavículas y los pómulos hundidos en
las otrora rollizas mejillas. Su hermosa piel blanca parecía casi transparente. Y era incapaz de contemplar la

deliciosa boca sin percibir las finas marcas alrededor de los labios que le produjeron un gran sentimiento de culpa.

Al recordar los momentos a lo largo de las últimas semanas en los que había deseado que estuviera sufriendo, resurgió de su interior un sentimiento de aborrecimiento hacía sí mismo.

Pero lo más espectacular era su evidente pérdida de peso, sobre todo en comparación con su resplandeciente y redondeada gemela a la que acababa de abandonar tras recibir la dirección y sin siquiera despedirse de su propia familia.

Supuso que las numerosas llamadas al móvil que había recibido durante el trayecto provenían de ellos, pero ni siquiera lo había comprobado, su mente centrada únicamente en encontrar a Miranda quien, según su hermana, vivía una anodina existencia en un pueblo rural junto al mar, poblado mayoritariamente por homosexuales y solteronas.

Sin embargo, el tipo que le había indicado la dirección tendría unos treinta años y no era feo.

—Cenicienta, irás al baile.

Miranda contempló la mano extendida y tragó con dificultad.

—Eso te convertiría en el Príncipe Encantador... —sacudió la cabeza—. Creo que no.

—Entonces, ¿quién te llevará al baile?

Ella ignoró la pregunta y levantó perpleja la vista hacia la imponente figura.

—¿Qué haces aquí, Gianni?

Él no respondió. Se limitó a tironear de la corbata, quitándosela con tal violencia que varios botones se desprendieron.

Miranda centró su atención en los botones desperdigados por el limpio y recién encerado suelo, intentando decidir si constituían un peligro para la salud y la seguridad.

Sin embargo, no conseguía ignorar el aura de masculinidad que proyectaba ese hombre, ni la sexualidad innata que desprendía cada uno de sus dorados y perfectos poros. Al final tuvo que reconocer su incapacidad para olvidar nada relacionado con Gianni.

—He venido en coche.

Cuando al fin recibió la respuesta, Miranda ya había olvidado la pregunta. Sin embargo, su voz hizo que la mirada se deslizara hasta el bronceado rostro. ¡Qué hermoso era!

—Sí... bueno. Ya sabes a lo que me refiero, Gianni.

El cuerpo de Miranda estaba tenso bajo la presión de la autodisciplina necesaria para no saltar sobre él. Respiraba con dificultad al tiempo que absorbía todos los detalles, asustada por el deseo que sentía al mirarlo.

—No mucho, pero lo intento, *cara mia*.

—¿Cómo lo supiste? —ella se sonrojó—. No le dejé ninguna dirección a Lucy.

—¿O sea que era verdad? La llamé mentirosa.

—¡No serías capaz!

—Sobrevivirá —contestó él mientras se encogía de hombros—. Tu hermana me lo dijo.

—¡Tam! —exclamó Miranda mientras se ponía de pie sin dejar de apoyarse en la pared.

Con una mano retiró el cabello de su rostro y dirigió una mirada llena de resentimiento a Gianni, sin poder dejar de notar la profundidad del ceño fruncido que parecía haberse instalado permanentemente en su entrecejo, así como las oscuras sombras bajo los ojos. Y se odió a sí misma por importarle que manifestara unos signos de agotamiento que, seguramente, había obtenido pasándoselo en grande.

Pero incluso esa idea no impidió que se preocupara.

Nada sería capaz de hacer que dejara de amarlo.

¡Tenía un serio problema!

–Ella jamás haría algo así –Miranda sacudió la cabeza con determinación–. Tam no te diría... tú ni siquiera la conoces. No sabías que fuéramos...

–¿Gemelas? –interrumpió él. Ya había anticipado su escepticismo y, sin quitarle los ojos de encima, hundió la mano en el bolsillo.

–¿Qué es eso? –preguntó ella señalando el trocito de papel que él tenía en la mano.

–Léelo tú misma.

Miranda tomó el papel con cuidado de no rozar los dedos de Gianni que sonrió al contemplar sus evidentes esfuerzos por evitar todo contacto. Se negaba a mirarlo. Y en su lugar leyó la nota, totalmente desprevenida ante la distintiva caligrafía de su hermana.

–En realidad tuvimos una conversación bastante interesante –le explicó él mientras registraba la secuencia de emociones que surcaba el rostro de Miranda.

Haciendo un esfuerzo por aparentar seguridad, ella dio un paso hacia él.

–No te creo –insistió obstinadamente a pesar de las evidencias–. La has engañado. Tam...

–Estaba ejerciendo de modelo para ropa premamá de diseño en un acto benéfico –al ver los ojos desorbitados de Miranda, se apresuró a continuar–. Yo estaba allí, Miranda.

–Lo hizo como un favor a Tom, el diseñador... –Miranda se interrumpió y sacudió la cabeza–. ¿De verdad estuviste allí?

–Incluso es probable que haya adquirido algunas... en realidad compré toda la colección.

–¿No lo sabes? –ella lo miró incrédula.

–Durante diez segundos pensé que eras tú –el recuerdo aún le provocaba una oleada de emociones–.

¿Por qué no me dijiste que fue tu hermana quien se casó con el rarito ese, el amor de tu vida, ni que tenías una hermana gemela?

—Oliver no es raro —lo defendió ella con la mente aún puesta en las prendas premamá. «Y el amor de mi vida eres tú», pensó.

—Si tú lo dices —Gianni se encogió de hombros con desinterés. En su opinión, cualquier hombre que prefiriera a la hermana gemela antes que a Miranda era un imbécil.

Enseguida había percibido lo que le faltaba a Tam y que hacía que Miranda destacara por encima de cualquier otra mujer: una increíble empatía, cariño, fortaleza, valor, una obstinada capacidad de resistencia y, por supuesto, esa risa gutural.

—No había ninguna razón para contarte que tenía una hermana gemela. ¿Qué sucede, Gianni? —preguntó ella—. ¿Tienes algún problema con las gemelas? —hizo una mueca de desagrado—. Te sorprendería saber cuántos hombres comparten esa fantasía.

—En realidad, *cara*, lo que no me sorprendería es la cantidad de hombres que comparten mi fantasía —él la miró a los ojos con severidad. Los dos últimos meses había vivido la pesadilla de pensar que la había arrojado en brazos de alguno de esos hombres.

Los negros ojos se deslizaron hasta la suave loma de marfil de sus pechos.

—¿Ha habido alguno? —preguntó angustiado.

Una parte de él no quería saberlo, y otra parte tenía que preguntarlo. No le agradaba la idea, pero podría vivir con ello. Con lo que no podía vivir era sin Miranda.

—¿Alguien...? —ella comprendió de repente y enrojeció—. No, no ha habido nadie. En cuanto a ti, supongo que ya habrás perdido la cuenta.

—No ha habido nadie, Miranda —para él no podía haber nadie más que ella.

–¡Oh! –la calidez en la mirada de Gianni le obligó a desviar la mirada–. Aún no me puedo creer que Tam te lo haya contado.

La traición de Tam no hacía sino añadir otra capa más al dolor que ya sentía.

–Ni por qué lo hizo.

–Supongo que quiere verte feliz –Gianni estudió los dulces rasgos de su rostro, y sintió el dolor de Miranda como si fuera un puñal que se le hubiera clavado en el pecho.

–¿Y se supone que verte me produciría esa felicidad? –ella sonrió con amargura–. Y ahora cuéntame, ¿qué pasó en realidad? –entornó los ojos–. ¿Cómo conseguiste engañarla?

–No creo que me hubiera resultado fácil –afirmó él mientras recordaba la expresión en el rostro de la hermana gemela de Miranda.

–Quieres decir no tan fácil como conmigo. Te lo puse muy fácil.

Gianni contempló las lágrimas temblar en la punta de las largas pestañas y siseó.

–Te estás engañando a ti misma –continuó con amargura–. Cada mañana que despiertas y finges que tu vida no está vacía sin mí. Te engañas al pretender que no necesitas oír mi voz. Cada vez que finges disfrutar con algo, te estás engañando.

Gianni enumeró con cruel precisión cómo se sentía ella.

Miranda palideció.

¿Cómo podía saberlo? A no ser...

Los verdes ojos se abrieron desmesurados y brillaron esperanzados mientras se posaban en el bronceado rostro mientras él la miraba en silencio.

Y a la silenciosa pregunta de Miranda, él asintió.

–Sí, tontorrona. Lo sé porque así me siento yo cada

día de mi maldita vida —exclamó al fin mientras la tomaba en sus brazos y la besaba.

El grito de felicidad de Miranda se ahogó entre sus labios.

El beso pareció durar eternamente y cuando Gianni al fin apartó su boca de la de ella, a Miranda le daba vueltas la cabeza. Él le tomó el rostro entre las manos y la miró a los ojos.

—No tienes ni idea de cuánto te he echado de menos —exclamó él mientras le besaba la comisura de los labios antes de deslizar la lengua por el labio superior—. Me sentía perdido.

Hechizada por las palabras que surgían de ese hombre que parecía no necesitar a nadie, Miranda le mordisqueó levemente el labio inferior.

—¿Y sientes que te has encontrado ya, Gianni? Porque yo sí —lo que Miranda sentía en realidad era que estaba en casa.

—Me siento vivo, *Dio* —gruñó él mientras hundía los dedos entre la maraña de rizos—. Adoro el olor de tu pelo. He soñado con este olor —enterró el rostro en su cuello y le susurró al oído—. Tenías razón, *cara mia*, cuando me llamaste cobarde. Estaba utilizando a Liam como excusa para no implicarme. He sido un imbécil. Cuando me declaré a Sam en un rapto de romanticismo, ella no dudó en señalarme la puerta.

—Te declaraste a la madre de Liam cuando estaba embarazada.

—No, cuando supe que estaba embarazada se lo volví a pedir. Pero la primera vez que lo hice, ninguno de los dos conocía la existencia de Liam. Yo andaba bastante sobrado de mí mismo y pensaba sinceramente estar enamorado de ella. Por eso el rechazo... dolió. De manera que decidí eliminar toda posibilidad de que volviera a sucederme. Y tuve tanto éxito que acabé viviendo en un vacío emocional. Tanto éxito que casi perdí la oportunidad de amar de verdad —la sangre se le helaba solo con pensar en lo cerca que había estado de fastidiarlo todo—. Miranda, eres mi alma gemela. Lo creo sinceramente.

Con los ojos anegados en lágrimas ante su sinceridad, Miranda le tomó la mano y se la llevó a los labios. Al apreciar las marcas en los nudillos, frunció el ceño.

—¿Qué te ha pasado? ¿Te has peleado? —preguntó.

—Me he peleado conmigo mismo —admitió él.

—¿A qué te refieres?

—Después de cerrarte la puerta en las narices, yo... —Gianni la miró avergonzado—. Le di un puñetazo a la pared. Sé que no fue muy inteligente por mi parte y, no te preocupes, pagué los desperfectos. Sin embargo, no me limpié los cortes. Las heridas se infectaron...

—¿Le diste un puñetazo a la pared? —preguntó ella perpleja.

—No me siento orgulloso de ello, en realidad no me siento orgulloso de nada de lo que hice aquel día. Tenías razón, todo lo que dijiste era verdad y en el fondo yo lo sabía. Creo que te amo desde el día en que te conocí, pero me empeñaba en negarlo.

Gianni levantó la mata de salvajes rizos, dejando expuesta la nuca de Miranda. Ella se estremeció mientras los masculinos dedos trazaban dibujos en su piel.

—¿Todavía sientes algo por Sam? Sé que forma parte de tu vida por Liam, pero...

—Sí, ella forma parte de mi vida, pero si Liam no existiera, a estas alturas ya no recordaría el color de sus ojos, ni el sonido de su voz. Sin embargo, jamás olvidaré tus ojos ni tu voz, Miranda. Ese día en el hotel, se acababa de casar.

—¿Se casó con Alexander? ¿Lo conociste?

—No iba a permitir que Liam compartiera parte de su

vida con alguien a quien yo no conociera, a pesar de que la investigación no desvelara nada raro.

—¿Le hiciste investigar?

—Hago que investiguen a todo aquel que entra en contacto con Liam.

—¿A mí también?

—Siempre hago una excepción con las mujeres que me encuentro en mi cama, *cara*... —él sacudió la cabeza y la miró con ternura.

—Era mi cama —puntualizó ella, la sonrisa marcándole los hoyuelos en la cara.

—Podría puntualizar que era la cama de Lucy... —Gianni inclinó la cabeza.

—Pero no sería propio de ti hacer esa puntualización...

—Eres perfecta —anunció Gianni con severidad tras soltar una carcajada.

—Eso no fue lo que dijiste.

—¿Qué puedo decir? No tenía previsto enamorarme de una preciosa pelirroja. Intentaba luchar contra el destino cuando debería haber disfrutado lo que me ofrecía.

—La primera vez que te vi pensé que era un sueño —Miranda le acarició el rostro—. Eras demasiado perfecto para ser real —murmuró—. ¿Y Alex superó la prueba?

—Parece un buen tipo, y parecen felices, lo cual está bien dado que acaban de casarse.

Miranda se pegó a él y alzó la cabeza mientras le acariciaba los brazos en un gesto lento, deleitándose en la sensación.

—Si hubieras llegado cinco minutos antes, habrías visto a Liam vestido de paje —Gianni ladeó la cabeza y acarició con la mejilla la mano de Miranda posada en su hombro—. Pero te advierto una cosa, Miranda, por mucho que te quiera, si pretendes que se vista así en nuestra boda, no cuentes conmigo —declaró emocionado—. ¡Ni hablar!

Las manos de Miranda se quedaron paralizadas sobre los fuertes músculos de los brazos de Gianni y lo miró con expresión inquisitiva.

–¿Estás bien...? –preguntó él con ansiedad–. Pareces...

–¿Nuestra boda?

Gianni se relajó un poco, aunque permaneció confuso ante la perplejidad de Miranda.

–Bueno, ¿y de qué creías que iba todo esto?

–¿Quieres casarte conmigo?

–Pues claro. ¿Vas a decirme que no quieres casarte tú conmigo?

–¿Y si dijera que no...? –ella enarcó una ceja.

–Respetaría tus deseos –él inclinó la cabeza y adoptó una pose de fingida ofensa.

–¡Mentiroso! –ella soltó una carcajada.

–De acuerdo, seguiría pidiéndotelo hasta que aceptaras –le dedicó una sonrisa lobuna–, aunque muy respetuosamente –se encogió de hombros–. Lo cual viene a ser lo mismo.

–Eres imposible –Miranda rio–. Pero te quiero.

–¡Y yo te quiero a ti! –proclamó Gianni antes de que sus labios se encontraran de nuevo y él la besara con una desesperación que despertó sentimientos similares en ella. Varios tórridos minutos después, se despegaron para tomar aire.

–¿Eso ha sido un sí? –él sonrió mientras contemplaba el rostro ruborizado por la pasión.

–Aún no me lo has pedido –le recordó ella.

–Quieres una declaración. Muy bien, podré hacerlo.

–No hace falta –Miranda rio y le tomó las manos, apoyándolas sobre su corazón.

–Calla, quiero hacerlo –protestó él silenciándola con un dulce beso–. Miranda, una vez me dijiste que esperabas al hombre cuya fantasía fuera ser tu último amor, no el primero –mirándola fijamente a los ojos, se llevó una mano a los labios–. Fui tu primer amante y sería un honor para mí, y desde luego un sueño, ser el último. ¿Te casarás conmigo, Miranda Easton? ¿Son esas lágrimas de felicidad? –añadió.

–Sí, Gianni –ella asintió y lo miró con los ojos llenos de amor–. Son de felicidad. Y sí, me encantaría convertirme en tu esposa.

–¿Y no te importa que Liam vaya incluido en el lote?

–¿Lo dices en serio? –ella rio y se enjugó las lágrimas con la mano–. Adoro a Liam.

–Y él te quiere... ese pequeño monstruo no deja de hablar de ti –Gianni le tomó una mano y miró a su alrededor como si estuviera viendo la sala por primera vez–. ¿Qué es esto?

–Es el... ¡Oh, Dios mío! –exclamó ella–. Debería estar ya en la fiesta.

–¡No! –Gianni apoyó las manos sobre sus hombros y sacudió la cabeza.

–¿No?

–La única fiesta a la que vas a acudir es a una fiesta para dos –señaló alternativamente su pecho y el de ella–. La nuestra –la emoción contenida en su voz hizo que los músculos del estómago de Miranda temblaran violentamente–. Para conservar la poca cordura que me queda, necesito pasar todo un día haciéndote el amor.

–Supongo que nadie advertirá mi ausencia... –ella se humedeció los labios–. Me alojo en...

–¡No!

–Estás siendo muy dominante.

–Espero que no sea una crítica, aunque ya sabrás, *cara*, que no supondrá ningún problema para mí que la situación se invierta –bromeó–. ¡*Dio*, cómo me gusta cuando te ruborizas! –respiró hondo–. Estoy harto de pasar la noche contigo en la cama de otro. Regresaremos a Londres. Liam se ha ido a pasar el fin de semana con su abuela. Tendremos la casa para nosotros. Mañana... –dirigió una turbadora mirada a los deliciosos labios–, o quizás pasado mañana, empezaremos a buscar una casa en la que colocar nuestra cama.

–Así sin más... –a Miranda le fascinaba el plan.

–En efecto. Tu problema, Miranda, es que siempre ves problemas donde no los hay.

–Pero estoy cuidando una casa. Tengo que estar aquí mañana. La gente espera que...

–Son pequeños detalles. Yo lo arreglaré. ¿No me crees capaz de ello? –la desafió.

–Sé que eres muy capaz –admitió Miranda, descubriendo que le apetecía mucho depositar en los anchos hombros la carga de su responsabilidad.

–Y tengo una cama muy bonita –él alzó una ceja–, y muy grande.

–¿Y a qué esperas? –Miranda sonrió y se dirigió hacia la puerta.

Gianni la alcanzó y ella se puso de puntillas para besarlo con pasión.

–Gianni, me daría igual dormir el resto de mi vida en el suelo con tal de hacerlo contigo.

Los negros ojos brillaban con amor y posesivo orgullo mientras contemplaba el bello rostro de la mujer junto a la que despertaría el resto de su vida.

–Como mi esposa.

–Como tu esposa.

–¿Qué te parece la semana que viene?

Capítulo 14

CUATRO semanas después se encontraron en la pequeña iglesia del pueblo donde los padres de Miranda se habían casado, e intercambiaron los votos.

Ella llegó caminando a la capilla del brazo de su padre, e hizo el trayecto de regreso junto a Gianni en el clásico descapotable en el que este había llegado con el testigo de la boda, que corría tras ellos cargando con Liam, vestido de pirata, sobre los hombros.

El sol otoñal brillaba benévolo. En realidad, el día había sido perfecto en todos los detalles permitiendo la boda campestre con la que Miranda había soñado toda su vida.

Desde el patio de los establos, repleto de olorosas rosas, donde los invitados brindaron con champán, la comitiva, guiada por el pirata que blandía su espada y lanzaba pétalos de rosa a los pies de su padre y su nueva mamá, se dirigieron a una carpa junto al huerto.

La madre de Miranda se había ocupado personalmente de la decoración en un estilo rústico y sencillo. Las largas mesas cubiertas con blancos manteles, estaban engalanadas con arreglos florales hechos con flores y hiedra del jardín.

El día había transcurrido para Miranda en un feliz aturdimiento. La novia llevaba un vestido que había pertenecido a su bisabuela y el velo con el que se había casado la madre de Gianni. Su hermana, reluciente en un vestido de seda azul, había ejercido de dama de honor, sonriendo todo el rato salvo cuando se volvió hacia Gianni y agitó un dedo ante él.

—Te lo advierto, grandullón.

—¿A qué se refiere? —preguntó Miranda.

Gianni había prometido contárselo más tarde, pero no lo había hecho. Había demasiadas personas que querían hablar con ellos y desearles lo mejor. Lucy, muy hermosa y feliz, había acudido junto a un atractivo español y la había abrazado con cariño.

A medida que el sol se escondía, la escena se pareció más a un cuento de hadas iluminado por las luces blancas que colgaban de los árboles. Los invitados siguieron bailando hasta bien entrada la noche, mucho después de que los novios se hubieran marchado.

Las primeras dos semanas de la luna de miel las pasaron en una espectacular villa sobre la costa Amalfi. Luego se les unió Liam con los padres de Gianni y de Miranda para pasar todos juntos otras dos semanas más.

—Vuelta al mundo real —anunció Gianni mientras regresaban a su casa desde el aeropuerto.

Miranda asintió. Cualquier mundo en el que estuviera su marido sería muy especial.

—Nos hemos equivocado de camino —observó ella.

—Me preguntaba cuándo te darías cuenta. No llegamos a encontrar casa y pensé que deberíamos empezar a buscar de nuevo.

—¿Y tiene que ser ahora? —Miranda echó una mirada a Liam que dormía en el asiento trasero. Habían tomado todas las precauciones posibles para evitar que se mareara, pero temía que estuvieran arriesgándose demasiado con el trayecto en coche.

–Me pareció un buen momento, pero no te preocupes, ya hemos llegado.

–Odio tener que decírtelo, Gianni, pero esta es la casa que vimos el primer día, la que era demasiado grande y destartalada –estaba hecha una ruina.

–¿Estás segura?

–Desde luego. Parece que han arreglado el camino de entrada, pero es sin duda la misma.

–¿La que tenía diez dormitorios, medio tejado y un prado en lugar de césped? ¿La que estaba en un lugar que te entusiasmaba y tenía una tumba dedicada a la mascota bajo una higuera y que, por algún inexplicable motivo, hizo que te echaras a llorar?

–No hace falta que seas tan desagradable... y no tenía medio tejado. Había unos cuantos agujeros, lo admito, pero... ¡madre mía! –Miranda se quedó sin habla al llegar a la casa.

–Bienvenida a su nuevo hogar, señora Fitzgerald –proclamó Gianni deteniendo el coche.

–¿De verdad? –ella miró a su marido con ojos desorbitados y de nuevo a la resplandeciente y perfecta fachada.

–En serio –asintió él sonriendo complacido.

–Pero, ¿cómo demonios hiciste todo esto? Estaba... –sacudió la cabeza a falta de palabras.

–Hice una oferta por la casa el día que la vimos –reveló él satisfecho–. La estructura era sólida y en ocho semanas se puede avanzar mucho. Sobre todo si trabajan todo el día.

–¡Es un milagro! –exclamó ella lanzándose en sus brazos.

–El milagro eres tú, Miranda.

–Contigo podría vivir en una tienda de campaña, Gianni.

–No sería muy práctico, pero me has conmovido.

—Es una casa enorme, aunque... —Miranda respiró hondo y lo miró con timidez—. Quizás la tienda, en efecto, no resultaría práctica... vamos a necesitar una habitación más.

Gianni lo comprendió enseguida y su rostro se iluminó.

Será en marzo —continuó ella en respuesta a la pregunta silenciosa—, si no me equivoco.

—Quiero que sea un hermano.

Ambos se volvieron hacia el asiento trasero, riendo en dirección a la vocecilla.

—Bueno, campeón, tendrás que conformarte con lo que venga, pero mi lema es que si a la primera no aciertas, hay que intentarlo de nuevo. ¿Qué te parece, *cara mia*?

—¡Oh, Gianni! —exclamó ella con emoción—. No me puedo creer que sea tan feliz.

—¡Quiero llamarle Manchitas!

—Interesante elección, Liam —observó su padre.

—Ya cambiará de idea —observó ella mientras se bajaba del coche—. Vamos, Liam, tienes que elegir tu habitación.

—¿Puedo elegir también la de Manchitas?

—Sí, también puedes elegir la de Manchitas, cariño —le prometió Miranda.

—¿Queréis dejar de besaros? —el pequeño saltó del coche y se volvió hacia ellos.

—No —contestó su padre tajantemente—. Al menos no en esta vida. Será tradición familiar.

—Para lo que nos quede de vida —suspiró ella.

Miranda había encontrado su alma gemela y no iba a dejarla marchar jamás.

FARSA APASIONADA

Cathy Williams

Matías Silva era un magnate dominante cuyas relaciones nunca
duraban demasiado porque lo que le interesaba en la vida era
ganar dinero. Hasta que su dulce amiga de la niñez, Georgie
White, le confesó que le había contado a la madre de él que
eran novios. Matías, que nunca hacía nada a medias, decidió
que, si tenían fingir, lo harían bien, y se asegurarían de que
la farsa fuese convincente. Pero al descubrir la inocencia de
Georgie aquella relación ficticia se convirtió, de repente, en algo
inesperado y deliciosamente real.

DESEO

¿Se convertiría aquel matrimonio de conveniencia en uno de verdad?

Boda secreta

JESSICA LEMMON

Después de un nuevo escándalo, lo único que Stefanie Ferguson podía hacer para salvar la carrera política de su hermano era casarse. Por suerte, el mejor amigo de este estaba dispuesto a ayudarla. Hasta aquel momento, Emmett Keaton había distado mucho de resultarle siquiera simpático. Sin embargo, inesperadamente, tras los votos que intercambiaron, se desató entre ellos una pasión que ambos parecían haber estado negando durante largo tiempo.

Bianca

**Estaba embarazada del multimillonario…
¿Se convertiría también en su esposa?**

BAILE DE DESEO

Bella Frances

Lo único que le importaba al magnate italiano Matteo Rossini era restablecer el legado de su familia. Hasta que la encantadora bailarina Ruby Martin lo tentó a dejarlo todo por una noche de pasión. No obstante, cuando esta le confesó que estaba embarazada, Matteo se comprometió a ocuparse de su hijo. ¿Sería capaz de ignorar la fuerte atracción que todavía había entre ambos?